珠玉百歌仙
tsukamoto kunio
塚本邦雄
講談社文芸文庫

JN210627

目次

㊸ 鶉鳴くゆふべの空をなごりにて野となりにけり深草の里　藤原定家　一〇二

㊹ 片山の垣根の日かげほの見えて露にぞうつる花の夕顔　藤原良經　一〇四

㊺ 見し人の面影とめよ清見潟袖に關守る波のかよひ路　藤原雅經　一〇六

㊻ 暮れはつる尾花がもとのおもひ草はかなの野べの露のよすがや　俊成卿女　一〇八

㊼ 白菊に人の心ぞ知られけるうつろひにけり霜もおきあへず　後鳥羽院　一一〇

㊽ 風吹けばよそになるみのかたおもひ思はぬ波に鳴く千鳥かな　藤原秀能　一一二

㊾ 見渡せば氷の上に月冱えて霰なみよる眞野の浦風　後鳥羽院宮內卿　一一四

㊿ くれなゐの千入のまふり山の端に日の入る時の空にぞありける　源實朝　一一六

51 草の葉におきそめしより白露の袖のほかなる夕暮ぞなき　順德院　一一八

52 落ちたぎつ岩瀬を越ゆる三河の枕をあらふあかつきの夢　藤原爲家　一二〇

53 たれかきく飛火がくれに妻こめて草踏みちらすさを鹿の聲　藤原光俊　一二二

54 花の色も月の光もおぼろにて里は梅津の春のあけぼの　他阿　一二四

55 わが戀は狩場の雉子の草がくれあらはれて鳴く時もなければ　佛國國師　一二六

56 忘れずよそのかみ山の山藍の袖にみだれしあけぼのの雪　飛鳥井雅有　一二八

57 夜はの月見ざらましかば絕えはてしその面影もまたはあらじを　龜山院　一三〇

珠玉百歌仙

序　砂中の金・雨夜の星

記紀歌謠から萬葉、二十一代集を經て近代短歌に到る和歌史展望、名歌拔粹の書は、既に幾度か、幾多の實作者、批評家によつて編まれ、世の人人に迎へられて來た。さすが國風、幾度選び直され、角度を變へて編み改められても、その都度、はつとするやうな新しい發見があり、その重み、厚み、深みは量り知れぬものがある。多分百人の編者、撰者が、おのがじし、選びかつ編むならば、百種の傑れたアンソロジーが誕生することだらう。

かく思ひつつ、私自身も既に一度『王朝百首』と題して上限を九世紀の在原業平に、下限を十三世紀の順德院に絞つて、すなはち敕撰集の上では古今から新敕撰の九代集にわたる期間の作家九十四人歌百首を選び、心の趣くままに鑑賞して一巻を成した。この百首の中には傳定家撰百人一首の歌人五十四人を採り、彼が敢へて逸した四十人を特に選び入れた。撰歌も前者五十四首は、十三世紀當時に於て、當然それこそ各歌人の代表作、一代の絶唱と思はれるものをのみ提示した。言はばあまりにも有名で、しかも眞の秀歌に乏しい小倉百人一首を修正改撰するのが私の意圖であつた。從つて百首悉皆眷戀の歌のみ、小倉版に當然入つて然るべしと、十中八九の頷くであらう齋宮女御徽子、賴政、小侍從、宮內卿、俊成女等をも撰入し、私の存念はおほよそ果せたつもりである。それから約五年の星霜を閱した。次に果すべきは『王朝百首』に先立つ時代の作、これに續く近世の詞華の發掘と顯彰であつた。

　萬葉以前の詞華を探ることは比較的易い。人麿、家持、赤人、旅人と列記して行つても、たちどころに二十人や三十人は數へ得る。それはまたおのづから別の編輯方法で、異つた趣の萬葉中心のアンソロジーを編むべきであらう。私はむしろ、從來歌の衰頽期、暗黑時代と見做し、鑑賞をためらひ續けて來た十三世紀後半から十九世紀に渡る夥しい歌群の中から、八代集和歌黃金時代の絶唱と比較し得る作を撰出することに努力を傾注した。衰微退潮と一口に言ひつつも、玉葉、風雅には逸すべからざる佳品が決して少くはない。二歌集を除く續後撰から新續古今までの十歌集から、砂漠の中に砂金でも拾ふやうな思ひで秀作を尋ね廻るのも、一種自虐的な樂しみだつたと言へる。砂漠にも金はあり雨夜にも星は見えた。連歌俳諧全盛の十四世紀から十六世紀を、俳諧師の和歌作品をも選び入れつつ近世へ下る道程は、おほよそそのやうな焦燥と諦觀がつきまとひ續けた。以後幕末までの行路は言ふも更なり、輩出する高名な國學者の眼高手低の凡作中から水準作を選び、その中から佳品を抽出する作業は相當な精神勞働である。和歌はほんの一握りの先覺者を岸に遺して、細りつつ、濁りつつ明治に流れ入る。そして「明星」と「根岸短歌會」によつて、實質的な革新の機運の盛上る直前で、この詞華集の時期は切上げた。兩派の切磋琢磨を希つて觀潮樓歌會を開く先覺者、前人未踏の文學領域に挑戰した超人森鷗外の一首を以て閉ぢたのは、この後の歴史こそ初めて現代短歌に直結するものであり、巻を改めるべきであると考へたからである。

與謝野寛を巻頭とするささやかな詞華集は、本著にやや先んじて取敢へず五十首を選び、同時代の俳諧五十句を併せ、『秀吟百趣』（毎日新聞社）とタイトルして世に問うた。『珠玉百歌仙』『王朝百首』（文化出版局）『秀吟百趣』三者を通覧するなら五九四年生れの齊明天皇から、一九三八年生れの佐佐木幸綱まで、ほぼ十三世紀にわたる日本の代表歌人の、記憶に價し愛誦に堪へる作品が掌握できるはずである。

だが和歌の秀作の年代記的編纂が、そのまま日本の詞華集と呼べぬことは論をまつまい。私は少くとも『秀吟百趣』に準じて菟玖波集以後の連歌、あるいは芭蕉以後の發句の秀逸をすぐつて鑑賞し顯彰せねばならぬ。また當然記紀以後の歌謠群に深く分け入り、これも先年公にした、梁塵祕抄・閑吟集秀作撰『君が愛せし』（みすず書房）に準ずる私撰アンソロジーを編み上げて、その稱揚文を綴らう。日本の詩歌のすべてに、あまねく愛惜と畏敬の眼をそそぎ、鬱然たる一大詞華集を創り上げることこそ、言語藝術、殊に韻文定型詩に關る人すべてに通じる今生の「夢」ではなからうか。そしてこの巨大なアンソロジーこそ、年代記的編纂の種種の撰集・全集の類とは全く別に、日本の詩歌のかつてかく實り、かつ榮えた證として、後後の世の人に捧げる遺産となるに違ひない。

齊明天皇(さいめいてんわう) 594――661

射(い)ゆ獣(しし)を認(つな)ぐ川邊(かはへ)の若草の若くありきと吾(あ)が思(も)はなくに

傷ついて逃げた獣を、追ひもとめて行く野山の川、その川岸のさ緑の若草、若かつたとは私は思はない。あの子は若くさへなかつた。まだ幼いままで死んでしまつたのだ。六五八年齊明四年、中大兄(なかのおほえ)の子 建王(たけるのみこ)は、八歳でこの世を去つた。この歌は祖母の齊明天皇が愛する孫に捧げた悲しみの歌三首の中の一首である。

今城(いまき)なる小山(をむれ)が上に雲だにも著(しる)くし立たば何か歎かむ
飛鳥川 漲(みなぎら)ひつつ行く水の間(あひだ)もなくも思ほゆるかも

日本書紀には、建王が素直で、すぐれた人になる器量のあるのを豫測し、大切にしてゐたとの記事を見る。一方天智紀には、彼は八歳になつてものを言ふことができなかつたと傳へる。いづれも眞實だつたかも知れぬ。しかし、この悲歌の切切たる調べを聞くと、天智紀の記述に一しほのあはれを覺え、齊明帝のなげきもさこそと思はれる。初句は後に「射ゆ獸の」といふ枕詞になり、たとへば「心を痛み」「行きも死なむ」などの句を修飾するやうになるが、ここでは上句全體が「若く」をみちびき出す序詞の役目を果す。序詞の一部ながら、幼兒のまま、しかも生れながらハンディキャップを負つて、あへなく死んだ建王と「射ゆ獸」は、まことにいたましい照應を見せる。「認ぐ」はたづねもとめる意。齊明天皇は三年の後、新羅征伐のため筑紫に赴き、朝倉行宮で崩じる。六十八歳であつた。

穂積皇子(ほづみのみこ)　？——715

家にありし櫃(ひつ)に鏁(かぎ)刺し藏(をさ)めてし戀の奴(やつこ)のつかみかかりて

穂積皇子は天武帝の子の一人である。彼は母を異(こと)にする妹但馬皇女(たぢまのひめみこ)を愛してゐた。ところが彼女は、これも腹違ひの兄高市皇子(たけちのみこ)の妃に迎へられてゐた。近親間の戀愛や結婚は別に咎めもない世であつたが、さすがに姦通はタブーだつたらしい。二人の仲があらはれた時、皇女はあの有名な「人言(ひとごと)を繁(しげ)み言痛(こちた)みおのが世にいまだ渡らぬ朝川渡る」を歌ふ。高市皇子は壬申(じんしん)の亂の總指揮官、後には持統(ぢとう)朝の太政大臣、出來た人物ではあつたが、但馬皇女の愛は獨占できなかつたらしい。木の容器にしつかと閉ぢこめておいたはずの戀の奴隷、煩惱(ぼんなう)の鬼が、いつしかそこから脱出して、この私に挑戰する。穂積皇子は酒宴などで、好んでこの歌を吟(ぎん)じたといふ。

戯歌ではあるが、その自嘲の苦いひびきは、現代人の胸をもひたひたと打つやうだ。皇女は七〇八（和銅元）年六月に世を去る。二人の悲しい相聞は萬葉に白露のやうな光を添へる。

今朝の朝明雁が音聞きつ春日山黄葉ぢにけらしわが情いたし
零る雪はあはにな降りそ吉隠の猪養の岡の塞なさまくに
秋芽子は咲くべくあるらしわが屋戸の淺茅が花の散りぬる見れば

これらの歌は物語を背景に置いて聞く時、あついものがこみ上げて來る。大津皇子、草壁皇子、大伯皇女、それに持統天皇も、高市皇子も七世紀末から八世紀早早に相次いでみまかる。悲劇を見つくして後、彼も七一五（靈龜元）年に永眠した。

湯原王（ゆはらのおほきみ）

蜻蛉羽（あきつは）の袖振る妹（いも）を玉くしげ奥に思ふを見たまへ吾（あ）が君

紗、絽、あるいはローン、オーガンディ等強撚の繊い綿絲・絹絲を密度薄く織つた「羅（うすもの）」のたぐひで作つた衣裳を「蜻蛉羽の袖」と言つたのだらう。ほとほと感に堪へぬやうな美しい直喩だ。これを纏（まと）ふ舞姫の姿から容貌まで、髣髴（はうふつ）するばかりである。宴席などに侍（はべ）る婦女への一種の座興風頌詞（オマージュ）だらうから、「奥に思ふ」すなはち大事に思ふとの第四句も、第三句の枕詞「玉くしげ」も、別に深刻な意味はないが、無意味であるから、なほさら歌は華やぎ、思はず節づけて唱ひたくなる。事實、大勢が、酒ほがひに手を打ち囃（はや）して唱和してゐたのであらう。

目には見て手には取らえぬ月のうちの楓（かつら）のごとき妹（いも）をいかにせむ

「楓（かつら）」は元來「楓（ふう）」と呼ぶ楓（かへで）とは全然別の植物だし、「桂（けい）」は漢名では香木の肉桂や木犀の稱であり、月の桂は想像上の樹、それら三者が一體となつて、何か高雅な樹木を聯想させたのだらう。結句八音がいかにも磊落（らいらく）な丈夫風（ますらをぶり）で、この一首の風韻によくふさふ。

湯原王は天智帝の孫にあたり、父は「石激（いはばし）る垂水（たるみ）の上のさ蕨の萌え出づる春になりにけるかも」の志貴皇子である。敍景歌自然詠においても、父皇子の澄明な歌境を傳へた。殊に音樂的な效果の快い夏實河の歌は、多くの人に愛誦されてゐる。戀歌の傍に置いて味はひたい。

吉野なる夏實の河の河淀に鴨ぞ鳴くなる山かげにして

大伴家持（おほとものやかもち） 718?――785

雄神河（をかみ）紅（くれなゐ）にほふ孃子（をとめ）らし葦付（あしつき）採ると瀬に立たすらし

この歌には牧神とニンフのたはむれ合ふピカソの繪を配すれば面白からう。「雄神河」と「孃子」の對照はさういふあざやかなイメージを作り出す。萬葉集卷十七には「礪波（となみ）の郡、雄神河の邊にて作れる歌」とあり、家持が越中の國に在任時代の歌と思はれる。しかし大切なことは實際にこの地でこの光景を見たとか見なかつたとかいふ事實の檢討ではない。こんな美しい固有名詞を、かくもさえざえと一首の中に生かした作者の、鋭い言語感覺である。川の名をもし現在の「庄川」に變へるならば、歌の價値は半減するだらう。季節は河に春の氷きらめく正月、二月の頃、河に下りて、葦の根につく食用の水苔を採る娘らのはなやかな衣服が水に映える。

そして「紅にほふ」は彼女らの頰の色、冷たい水でかじかんだ指の色までも想像させる。笑ひさざめく聲が河のせせらぎにまじつて遠くまでひびいてくる。この光景をながめる作者家持は、事實に即するなら三十そこそこの男ざかりだ。初句、二句、三句でぷつぷつと切れ、上、下句共に「らし」で終る特殊な構成は、息をはづませてゐる若者の姿さへ聯想させる。

春の苑紅にほふ桃の花下照る道に出で立つ嬬嫣
春の野に霞たなびきうらがなしこの夕かげに鶯鳴くも
あぶら火の光に見ゆるわが蘰さ白合の花の笑まはしきかも

これら代表作にもをさをさ劣らぬさはやかな調べである。

聖武天皇(しやうむてんわう) 701——756

道に逢ひて咲(ゑ)ましゝからに零(ふ)る雪の消なば消ぬがに戀ふとふ吾妹(わぎも)

早春のあはゆきの降りしきる道で、ふとすれちがつた若者と少女が偶然申し合せたやうに立止つて振り返り、彼はとたんにどぎまぎして目禮、彼女は顔を赤らめて小走りに過ぎ去る。一目の戀、永遠に新しくそして最も古典的なテーマだ。人はここに始まるさまざまの劇を自由に樂しめばよい。これは萬葉集巻四に「酒人(さかひと)の女王を思(しの)び給へる御製」と記された歌だが、天皇自身の氣持は直接には歌はれてゐない。「『道でお逢ひした時、笑顔をお見せになつたので、それ以來忘れられず、雪のやうにこの命も消えるかと思ふまでお慕ひ申し上げてゐます』といふ私のいとしい人よ」と、女王の求愛の言葉を借りてそのまま歌にしてゐる。「咲ましし」といふ自稱敬語も御製特有のものであり、全體がゆつたりとして、一種のユーモアを漂はせ、しかもみやびと氣品に滿ちてゐるのはさすがだ。

それにしても「戀ふとふ吾妹」なるこの結句は傑作と言ひたい。間接表現だけで成立してゐながら、この七音はさういふ酒人の女王がかはいくてたまらないと高らかに告白してゐる。まさに天平の戀の風景である。時代と作者の大らかさ、やさしさが十分にうかがはれる。雪さへも淸らかにゆたかに降つたことだらう。

次の二首も帝の個性を反映する美しい歌だ。

橘は實さへ花さへその葉さへ枝に霜降れどいや常葉（とこは）の樹

妹に戀ひ吾（あが）の松原見渡せば潮干の潟を鶴（たづ）鳴き渡る

讀人知らず

ほととぎす鳴くや五月のあやめぐさあやめも知らぬ戀もするかな

戀ゆゑにこころみだれて、物の形や事のけぢめもはつきりしない夢うつつのさまを、熱に浮かされたやうな調べでよみ上げてゐる。時は初夏、山にはほととぎすが鳴き、野にはあやめがかをる。さみだれは心の中にもけむり、ひねもすよもすがら、うつうつとしてせつない。古今和歌集の戀の部はほとんどを「讀人知らず」が占め、その中には後後の世まで愛されてゐる絶唱もおびただしいが、この一首など代表的なものだらう。上句は普通なら下句の「あやめも知らぬ」をみちびき出すための、念の入つた修辭に終るところだが、この場合はいきいきとした季節感を盛り上げ、風物と人事のえも言はれぬ美しい交感が、見事な世界をかたちづくつてゐる。古歌にあらはれる「あやめ」はほとんど例外なく香をめでる「菖蒲（しやうぶ）」で、花を見るものとは別種である。從つて「ほととぎす」は耳に、「あやめ」は鼻にうつたへ、目は「あやめも知らぬ」すなはち黑白も文目も見えない狀態なのだ。心のままに、さつと歌い流したやうに見えながら、實はこまかく技巧をこらしてゐるのがわからう。十二世紀末、藤原良經はこの歌を取り、有名な「うちしめりあやめぞかをるほととぎす鳴くや五月の雨の夕暮」を作つた。

かりこもの思ひみだれて我戀ふと妹（いも）知るらめや人し告げねば
ゆふづく日さすや岡べの松の葉のいつとも知らぬ戀もするかな

在原業平(ありはらのなりひら) 825――880

名にし負はばいざこととはむ都鳥わが思ふ人はありやなしやと

伊勢物語の主人公とされるプレイボーイ業平は五十六歳を一期として元慶四年に歿した。大伴家持の死から約一世紀へだたつてゐる。そして家持が編輯にかかはつた萬葉集の、あの歌風を繼ぐ歌人は後を絶つて、新しい文體古今調の生れるのは十世紀初頭である。九世紀前半は漢詩全盛の時代であつた。嵯峨天皇在世中には二度も敕撰詩集が出てをり、晴れの場所ではまづ第一に漢詩、次が和歌とされてゐた。さういふ環境にあつて業平は、獨得の感覺と調べを持つ秀作を殘し、今一人の傳說的な歌人小野小町と共に忘れてはならぬ存在である。「都鳥」の作は業平集と伊勢物語九段及び古今集の羇旅(きりよ)の部に見え、彼の代表作の一つである。京から關東にさすらひの旅を續け、隅田川の渡しに來て、その名も京にゆかりの「都鳥」をながめ、なつかしい人人は健在かどうかと、その鳥に尋ねるといふ、物語の感動的な一シーンを成してゐる。だが物語を離れても、この朗朗とひびき渡る聲調、切ない二句切三句切、思ひを一息にのべて疑問形で結ぶ下句の、大らかな美しさは十分に味はへるだらう。「心餘りて言葉足らず」などと貫之に評されたが、實はまれに見る言葉ゆたかな、したたかな技巧派である。

寢ぬる夜の夢をはかなみまどろめばいやはるかにもなりにけるかな
狩暮らし七夕(たなばた)つ女(め)に宿借らむ天の河原にわれは來にけり

紀友則（きのとものり）　?――905?

蟬の羽（は）のよるの衣はうすけれどうつり香濃くも匂ひぬるかな

古今集の「雜歌（ざふのうた）」に、借りた衣を返す時につけた挨拶の歌として出てゐる。方違（かたたがへ）に、人の家へ泊りに行き、夜著を借りたらしい。よそへ出かける時、その日、その方角が惡いと、前日、さはりのない方角の知人の家へ行き、翌朝、そこから目的地に向ふ習慣が、この當時は上下を問はずさかんであつた。二十世紀末の今日でも、佛滅の日は結婚式場ががらがらといふから、笑つてもゐられまい。蟬の羽のやうなうすものといふたとへは、すでに萬葉時代に使ひ古されたものだが、夏の夜のさはやかな氣分が感じられて、この歌では生きてゐる。そのうすものに、主人が平生使つてゐた薰香（くんかう）の匂ひが移り、一夜ほのぼのと自分の身にまつはつたといふのだ。客として主人の志に謝し、そのたしなみを褒める言葉だ。衣のうすさと匂ひの濃さ、異質の濃淡を比べてゐるところも面白い。友則は貫之等と共に古今集撰者の一人であり、「ひさかたの光のどけき春の日に」だけしか知られてゐないやうだが、古今集には技巧のすぐれた、しかも朗朗たる調べの佳作が多い。

君ならで誰にか見せむ梅の花色をも香をも知る人ぞ知る
五月雨(さみだれ)にもの思ひをればほととぎす夜深く鳴きていづち行くらむ
秋近う野はなりにけり白露のおける草葉も色變りゆく

なほ、最後の一首には「桔梗(きちかう)の花(はな)」が詠みこんであるので有名だ。

小野小町（をののこまち）

かぎりなき思ひのままに夜も來む夢路をさへに人はとがめじ

古今集「戀歌二」の巻頭には、小町の戀の夢の歌が三首竝び、それぞれ人に知られた名作ばかりだ。戀しい人を夢にみた、夢と知つてゐたら目をさますのぢやなかつたのにとなげき、あるいは、うたたねの夢に愛する人を見て以來、はかないといふ夢も、案外頼りになるものと思つたと告白する。戀愛はかなり自由であつた古代でも、やはり人目を忍ぶことが多く、一寸氣をゆるめるとすぐ人のうはさにのぼり、時によれば白い目で見られる。だが、うるさい人の目も口も、夢だけはオフ・リミットだ。人を戀ほしみ、ひるは一日思ひ續け、つきぬ思ひのままに夜が來て、その夜の夢に私は戀しい人のもとへ走る。夢の路まで、世間の人もとがめはすまい。この歌は「戀歌三」に、また三首竝んであらはれる戀の夢の歌の中の一首だ。

　　うつつにはさもこそあらめ夢にさへ人めを守（も）ると見るがわびしさ
　　ゆめぢにはあしもやすめず通へどもうつつに一目見しごとはあらず

　彼女は夢にさへ人目をはばかることを悲しみ、夢では幾度かよつても現實に一度逢ふやうな嬉しさは感じられぬといふ。平安初期、業平と竝び稱される傳說的な歌の名手、思ひの丈をつくしたあまたの戀歌は、時代をこえてなほ、私たちの胸を打つてやまない。後世の「作り上げた」戀の歌も、もちろん意義があり、かつ面白いが、小町のおのづからあふれる調べは、更に美しい。

讀人（よみびと）知らず

夕ぐれは雲のはたてにものぞおもふあまつそらなる人を戀ふとて

天女、それにも等しいはるかな女性を戀するゆゑに、私はもの思ひにしづみ、殊に夕暮ともなれば、あの旗雲の彼方に心を放ち、しみじみとなげくことだ。などと逐語譯（ちくごやく）を試みるなら、この美しい一首はたちまち理に落ちてしまふ。古今集の、特に讀人知らずの戀歌の自由ではなやかな調べは、心の中で、あるいは唇にのせて、幾度も歌つてみて味はふほかはない。上句が結果、下句が原因と、分析すれば敍法（じよはふ）が逆になつてゐるが、まるで雲が心の上に乗つてゐるやうな、心やさしくうひうひしい構成だ。第十一巻の戀一を開くと、このやうな歌が七十首ばかり、いづれおとらぬゆかしい姿で竝んでゐる。皆後の世の歌人の本歌となつた名作ばかりだ。

わが戀はむなしき空に滿ちぬらし思ひやれども行くかたもなし
からごろも日も夕暮になる時はかへすがへすぞ人は戀しき

これらには、正岡子規流の論法では、決して感得できぬ戀歌の眞髓（しんずい）がある。雲の「はたて」は「果（はたて）」であり、かつ光の筋が長旗のなびくやうに見える「旗手」でもある。どちらか一方と限ることもなからう。六百番歌合で有名な六條家の顯昭（けんしょう）の注を見ると、萬葉集の豐旗雲まで例に引いて「旗手」を力說してゐるが、あくまでも參考だ。

菅原道眞（すがはらのみちざね） 845——903

天の原あかねさし出づる光にはいづれの沼か冱（さ）え残るべき

左大臣藤原時平とその一族の陰謀で、菅原道眞は右大臣の榮職を奪はれ、九州大宰府に左遷されたのは昌泰四年正月、梅花ほころび、清らかにかをる頃、道眞は五十路半ばを過ぎてゐた。彼を愛してゐた宇多法皇は寝耳に水、まだ十代の醍醐天皇を諫（いさ）めようと皇居へ走つたが、衞士（ゑじ）等に阻止され、指をくはへて引上げた。「流れゆくわれは水屑（みくづ）となりはてぬ君　柵（しがらみ）となりてとどめよ」と、道眞が叫ぶのも上皇の耳には達しなかつたらしい。

病身の上、ただ一人頼みの綱であつた上皇との交信も絶ち切られ、時平一派のクーデターに満身創痍となつた道眞は、二年後心身共に衰へてこの世を去る。當代隨一の漢學者、文章の達人、和歌の上手が遺した著書は、「日本三代實録」「菅家文草」等二、三に止らない。

新古今集雜歌下の巻頭からずらりと十二首、後鳥羽院は道眞の肺腑を抉るやうな悲歌を撰入した。山・日・月・雲・霧・雪・松・野・道・海・鵲・波の十二題に寄せて吐露した胸中は、一讀慄然とするものがある。「天の原」は「日」題の作品、太陽光に逢へば沼に張りつめた氷も残りなく解けるに相違ないとの強い確信だが、それは絶望を強ひて掻き消して歌つてゐるやうな、暗く重い響きがある。天皇廢止の冤罪は遂に晴れず、彼とは縁を絶つた宇多法皇は、その後都で、道眞の呪ふべき政敵時平と、いとも親しげに往來し、華やかな賦詩作文の會、宴遊を催してゐた。延喜五年正月のことである。

紀貫之（きのつらゆき） 868――946

影見れば波の底なるひさかたの空漕ぎわたるわれぞわびしき

古今集は最初の勅撰和歌集。貫之は躬恒（みつね）らと共にこの歌集の撰者であり、同時にこの時代の代表歌人であつた。この理知的な和歌作法は、萬葉の時代にはまづ見られなかつたものだ。好ききらひは別として、長く記念され、また學ばれねばならぬ。正岡子規の有名な言葉「貫之は下手な歌よみにて古今集はくだらぬ集に有之候」は逆説ととつておくがよい。「空漕ぎわたる」歌は彼の紀行文集「土佐日記」の一月十七日に見える。波の底の空、空の奥の海を渡るといふ幻想は、唐の詩人賈島の詩「棹（さを）は穿（うが）つ波の底の月、船は壓（お）す水の中の天」のアイディアを寫したものだらうが、和歌の調べは全く別趣の不思議な景色を描き出した。計算されつくした美しい錯覺の世界は、讀む者にめまひを感じさせる。上下五句のどこにも切れ目はなく、ほそぼそと息をつきながら最後の「わびしき」に到りつく文體も注目にあたひしよう。そしてこの「わびしき」は一見無用の念押しに似る。貫之評價の分れるところだらう。理知のひらめき、あへて言ふことわりが鼻につく人は、貫之の歌の大方に眉をひそめるかも知れない。しかし、この智慧の力で作り上げる新しい詩歌こそ、以後三世紀、新古今までの理想像となるのだ。

花鳥もみな行きかひてむば玉の夜の間に今日の夏は來にけり
月影の見ゆるにつけて水底を天つ空とや思ひまどはむ

伊勢（いせ） ？——939

さくらばな匂ふともなく春くればなどかなげきの茂りのみする

「伊勢集」のなかばに、一連の美しい春の歌があらはれる。宇多法皇に招かれて花の宴にはべり、池に散る花をながめつつ詠む、

年を經て花の鏡となる水は散りかかるをや曇るといふらむ
青柳の枝にこもれる春雨は絲もてぬける玉かとぞ見る

後者は有名な「亭子院歌合（ていじゐんのうたあはせ）」で左の一番、坂上是則との番（つがひ）になり、宇多帝の判は「持」であつた。この歌合には、他に貫之、躬恒（みつね）、興風（おきかぜ）ら、時の一流歌人が連な

り、法皇の寵愛を受けた彼女は才色共に抜群、まさに花形であり、堂堂たるホステスだ。掲出の歌には「春、もの思ひけるに」の詞書が添へられてあり、何かメランコリーに満ちた一首だが、かういふ歌にも「なげき」の「き」を「木」に懸けて「茂り」と受けるやうな技巧を隠してゐる。彼女は他にも枇杷《びは》の左大臣藤原仲平《なかひら》、宇多帝皇子敦慶親王《あつよししんわう》とのラヴ・ロマンスをうたはれ、家集には、これらの愛人たちとの華やかな往來を暗示する歌があまた竝んでゐる。歌そのものも、小町や和泉とはまた一風變つたみやびと匂ひがある。

沖つ藻を取らでや止まむほのぼのと舟出しことも何によりてぞ

この象徴詩風の調べは彼女の人生観をも思はせ、心にしみる秀作として忘れがたいものだ。

44

壬生忠岑(みぶのただみね)

風吹けば嶺(みね)に別るる白雲の絶えてつれなききみが心か

忠岑もまた古今集撰者の一人であり、清新で齒切れの良い歌風で知られる。この歌の上句の自然描寫はすべて、下句の「絶えて」をみちびき出すための序詞のやうな役目を果してゐる。同時にまた、山はわれ、雲は君、風は人の世のさだめといふかくれた意味を感じるのも自由だらう。そしてなほ、おとづれもなくつめたい戀人に、たたきつけるやうに「心か」と歌ひ切つた強いひびきははたと人を打つ。かういふ結句は當時の歌の中でもめづらしい。「嶺に別るる白雲」とか「白雲の絶えてつれなき」などは、秀句表現、すなはち水ぎは立つた巧みな表現として、後の世の歌人はさまざまに借用した。そのすぐれた例としては、たとへば家隆の「櫻花夢か

うつつか白雲の絶えてつれなき峰の春風」が思ひ出される。忠岑の代表作として、

春はなほわれにて知りぬ花盛り心のどけき人はあらじな

夏果つる扇と秋のしらつゆといづれかまづはおかむとすらむ

等春秋にそれぞれ名歌あり、各首まことに古今的な特長を備へてゐる。業平、貫之、躬恆、忠岑、皆例の「百人一首」に取られた歌以外に、このやうに彼らの美質を傳へる作はあまた殘されてゐる。理窟つぽいなどと單純に退けてはなるまい。

元良親王（もとよししんわう） 890――943

逢（あ）ふことは遠山鳥（とほやまどり）のかりごろも著（き）てはかひなき音（ね）をのみぞ泣く

逢ふ瀬と言へばほんのかりそめ、その逢ひにさへ泣いてばかりといふ悲しい戀の歌である。遠山鳥とは山鳥の美稱、この鳥のめすをすは、夜夜たがひに峰をへだて眠るならひを持つと傳へられてゐた。そのあはれをも含めて味はねばなるまい。ただし、表の意味の上では狩衣の「狩＝借り」をみちびく緣語として用ゐられてゐる。「著ては＝來ては」であり、泣くにはもちろん山鳥の鳴く心も加味してあらう。意味だけ取れば平凡なセンチメンタルなくどき文句に過ぎないが、一首のたくみな構成は、きらめく山鳥のまぼろしを見せ、目もあやな狩衣のひらめきを感じさせ、そこに泣き伏す貴公子の姿もありありと浮んでくる。元良親王は陽成天皇の第一皇子であつた。一世代前の、ゆかり淺からぬ業平に似て、多情多恨、好色の美丈夫、しかも當時有數の歌人として名を殘してゐる。「元良親王御集」も、その大半は後宮のあまたの女性たちとの贈答である。

夜夜に出づと見しかどはかなくて入りにし月といひてやみなむ
ふもとさへあつくぞありける富士の山みねのおもひの燃ゆる時には

彼の有名な美聲を思はせるばかりにほがらかで雄雄しい。十世紀初頭の宮廷のはなやかに暗い夢物語の斷片だ。

凡河内躬恒(おほしかふちのみつね)

うつつには更にも言はじ櫻花夢にも散ると見えば憂(う)からむ

王朝の三月は春のたけなはから名殘の季節、散る櫻をよんだ歌は私家集にも敕撰集にもおびただしい。この歌はそれらの中でも記憶にあたひする秀作の一つである。躬恒は紀貫之とともに古今集時代の代表歌人であり、古來どちらが上手かなどとよく比べられた。落花の歌には貫之にも有名な「櫻花散りぬる風のなごりには水なき空に波ぞ立ちける」があり、これまた二首のいづれが上とも下とも輕輕しくは決められない。現實に落花を見るのは、今更言ふまでもなく悲しい。しかも櫻は夢の中にまで散る。そのさびしさ、ものうさはどうであらうかと、作者は目の前の花を通して心の花を、とどめるすべもない夢の中の春を歌ふ。貫之のこまかくやはらかい調べ、ひややかな感覺も格別のものだが、躬恆の歌のぴしりと決まつた二句切、三句から五句へのうれひをおびた重いひびきも、ひとしほ心にしむ。そして二首ともどもに古今集の美しさをよく傳へてゐる。

春の夜のやみはあやなし梅の花色こそ見えね香やはかくるる
櫻ばな散りなむ後は見もはてずさめぬる夢のここちこそすれ

春の歌ではこれらがもつともよく知られてゐる。そしてこれは古今集の理知的な一面をもはつきりと見せてゐる。上句だけを發句として見てゐた方がおもしろいとも言へよう。

蟬丸

秋風になびく淺茅のすゑごとにおく白露のあはれ世の中

謠曲「蟬丸」にこの人は醍醐天皇第四皇子、狂女逆髮はその姉の皇女として現れるが、勿論創作であらう。一說には宇多天皇の皇子敦實親王に仕へる雜色とも傳へる。大江匡房著「江談抄」によれば克明親王の子、源博雅に琵琶の祕曲「流泉」「啄木」を傳授したとか。時代に從へば九世紀末、音曲をよくし、歌にも秀でた人がゐたのであらう。高名な百人一首の「知るも知らぬも逢坂の關」は、音樂的な調べと言ふ點ではミュージシャン・蟬丸を偲ぶにふさはしからうが、作品の價値から言へば「あはれ世の中」には遙かに及ぶまい。「新撰朗詠集」の「無常」に收錄され、澄み切つた、虛無的なまでに儚いこの心象風景は、後撰時代の歌群の中でも際立つてをり、新古今、後徳大寺左大臣の絶唱「はかなさをほかにもいはじさくら花咲きては散りぬあはれ世の中」さへ、ために色褪せて見える。むしろ理に落ちた憾（うら）みも感じる。

世の中はとてもかくても同じこと宮も藁屋もはてしなければ

新古今第十八巻「雑歌下」の巻末を前歌と竝んで、この歌が飾つてゐる。「和漢朗詠集」の「述懐」にも見え、素樸で洒脱な味を好まれたのだらうか。「宮も藁屋も」の第四句、特に「藁屋」が意外な效を奏してゐる。玉樓にも陋屋にも住み果てることはない。人世そのものが永遠の一瞬、かりそめの宿りと歌ふ、その達觀が明るい。藁屋とは盲法師蟬丸の、逢坂山の草庵だつたかも知れない。

下野雄宗（しもつけのをむね）

曇り日の影としなれるわれなれば目にこそ見えね身をばはなれず

いろいろと趣向をつくした古今集の戀歌の中でも、一風變つた發想の歌ではあるまいか。言ふまでもなく「影身（かげみ）」なる言葉は古くからあつた。影がその身に添つて離れぬことである。また、「影見（かげみ）」は正月十五日、満月を身に受け、地上に曳くみづからの影によつて吉凶を占ふことも意味した。だが、この歌は、いささかならず趣を異（こと）にする。この影は愛する人について離れぬ。作者に卽するなら、彼女にとりついた雄宗の戀心の影である。それだけではない。曇り日の影なのだ。だからこそ、人目にも、女からも、それとは知られぬ。恐らくは「忍ぶる戀」で、打明けられぬか、打明けても到底かなへられぬ苦しい戀なのだらう。それにしても、そして王朝を考慮においても、何か陰(いん)にこもつた、うす氣味惡い愛の表現で、歌のリズムそのものも、ねつとりと暗い。讀人知らずには、

かがりびの影となる身の侘しきは流れてしたに燃ゆるなりけり
戀すればわが身は影となりにけりさりとて人に添はぬものゆゑ
やまの井の淺き心もおもはぬにかげばかりのみ人の見ゆらむ

など種種の「影」が見える。「かがり火」の場合など、水に映る火の影で、影すなはち光、燃える思ひのはげしさを、ほしいままに表明してをり、暗さは微塵も感じられない。作者雄宗はこれ以外には歌らしい歌も見當らぬ、言はば無名に等しい人だが、マイナスを重ねてプラスに轉じたこの一首の重さを、私は改めて思ふ。

大輔(たいふ)

いとかくてやみぬるよりはいなづまの光の間にも君を見てしか

後撰集の戀の部には、彼女と小野道風との戀歌が五首も採られてゐる。佐理、行成と竝んで三蹟の一人に數へられる名筆道風も、なかなかの風流才子だつたと思(おぼ)しい。漢詩と歌の名手篁は彼の祖父にあたる。この「稲妻」の歌には詞書がある。大輔のところへ、道風が夜ひそかに訪れた。それを大輔の兩親が見つけ、來てもらつては困ると歸してしまつた。彼女は使の者にこの歌を屆けさせたのだ。逢ふこともできずにじつと待つてゐる侘(わび)しさよ、せめて電光のはためくその一瞬ほどの間でもいいから、あなたの顔が見たいと訴へてゐる。話半分に割引してもいぢらしい。この「大輔」、例の紫式部と共に彰子に仕へた、伊勢神宮の祭主の家柄の「伊勢大輔」だと面白いのだが、彼女は一〇六〇（康平三）年以後に七十過ぎで死んでをり、道風は九六六（康保三）年に七十三歳で世を去つてゐるから、戀しあふには半世紀以上ずれを生ずる。多分三條左大臣藤原頼忠に仕へた女房大輔のことだらう。

涙川いかなる瀬よりかへりけむここなるみをもあやしかりしを

植ゑて見るわれは忘れであだ人にまづ忘らるる花にぞありける

彼女の作品はこのやうに調べさはやかで、なかなかの技巧だ。また他にも愛人としては、琵琶と歌の名人、枇杷中納言敦忠も知られてゐる。この方も抜群の腕だつたらしい。

源順(みなもとのしたがふ) 911——983

瑠璃草(るりくさ)の葉におく露の玉をさへもの思ふきみは涙とぞ見る

「瑠璃草」は、例の紫染用の紫根を採る「紫草」と同科、勿忘草(わすれなぐさ)に似た愛らしい青い花を咲かせる。日本原産ながら、王朝の歌に出て來るのは、後にも先にもこれ一首のみ。作者の新奇なこのみが、おのづからかういふ題材にもしのばれよう。發想そのものも、何となく近代詩を思はせる。たとへば茂吉「赤光」には「瑠璃いろにこもりて圓き草の實はわが戀人のまなこなりけり」があり、一脈相通ずる素材、詠法で、まことにほほゑましい。もちろん、順の歌など茂吉の念頭には全然なかつたはずである。順は後撰集を撰進した時の代表歌人「梨壺の五人」の中でも、トップに位する學識、才能の持主であつた。彼の家集を見ると碁盤の目に歌をあてはめて、縦横につながるやうに仕立てたり「あめつちほしそら」の一音づつを一首の始めと終りにおいて八首を作るなど、高度なクロスワード・パズル式に、短歌形式を樂しんでゐたのが、ありありと想像できる。しかも、歌そのものも理知的な、複雑な美を追求してやまなかつた。

けさ見ればうつろひにけりをみなへし我にまかせて秋ははや行け
紅葉ゆゑ家も忘れて暮すかな歸らば色や薄くなるとて

これらの歌など、大膽で自在な一面を見せたものとして特筆されよう。「宇津保物語」は彼の作との說もある。

小大君（こだいのきみ）

よひよひの夢のたましひ足高く歩（あり）かで待たむとぶらひに來よ

上品なユーモアとするどい皮肉をふくみ、しかも詩作品としての美をもかねそなへてゐるといふやうな歌は、古今を通じて少いものだ。をかしさだけを目的とした俳諧歌（はいかいか）とか、人目を意識したおどけたやりとりの歌などはこの限りではない。少い上に、これを女流歌人に求めるとなると皆無に近い。その點、この小大君はまことに出色の存在だ。毎夜、夢の中で戀の通ひ路をあちこちうろつきまはる、その私の魂の足も休めてじつと待つてゐてあげるから、たづねていらつしやいと彼女は歌ひかける。戀歌にしてはずいぶん不敵で強氣な内容だ。そしてほろ苦くさはやかである。「夢のたましひ足高く」あたり、言葉、心ともに新しい。やさしくおぼろな歌ばかり見て來た者には、格別のあぢはひを持つ。歿年が十一世紀初頭、三條院につかへた女藏人（にょくらうど）らしいがくはしくはわからない。淸女、紫女のはなやかさにかくれながらも後拾遺和歌集巻頭第一首には彼女の歌がえらばれてゐる。また名筆の聞えも高く、書道の世界では知らぬ人もない。

いかに寢ておくるあしたにいふことぞきのふをこぞと今日を今年と
あだびとの假に訪ひくるわが宿に今はむぐらの根こそ這ふらめ
おぼつかな何し來つらむもみぢ見に霧のかくせる山のふもとに

いづれも語調きびしくひややかに、獨特のおもしろさを持つてをり、女歌の異色として珍重にあたひする。

齋宮女御徽子（さいぐうのにょうごきし） 929―985

琴の音（ね）に峰の松風かよふらしいづれのをよりしらべそめけむ

弾（ひ）く琴の音に、はるかな山の松風のひびきが混る。どの峰からあの妙（たへ）なる調べは通うてくるのか。古語では峰を「を」と言ひ、琴の絲も「を」であるから、この一音は二重の意味を持つて鳴りかはす。これは「拾遺和歌集」と「古今和歌六帖」に見える徽子の代表作の一つだが、この後琴と松風を題材に、幾世紀かに渡つて、無數の本歌取りがあらはれる。本歌となつただけに、まことに澄み切つたしかもおだやかな歌で、もう一歩で理窟めくところを、上句の「らし」下句の「けむ」の、ものやはらかい推量形が救つてゐる。徽子は朱雀天皇の御代に十歳で伊勢神宮へ齋宮としておもむき、十七歳で京に歸つた。三年後村上天皇の女御となり、當時の宮廷歌壇の花形として、源順、紀時文ら、いはゆる「梨壺の五人」と交つてあまたの秀歌を残す。

　秋の日のあやしきほどのたそがれに荻(をぎ)吹く風の音ぞきこゆる
　白露の消えにし人の秋待つと常世(とこよ)の雁(かり)も鳴きて飛びけり

松風の歌よりもさらにさえざえとして悲しい。十世紀なかば、和泉式部、紫式部、清少納言らが生れる前の、たぐひまれな女流歌人である。なほ、この歌は野宮(ののみや)で、「松風、夜琴に入る」といふ題に従つて作られたものだ。

平兼盛　?—990

君戀ふる心の空は天の川かひなくて行く月日なりけり

「かひなくて」は「甲斐なくて」と「櫂なくて」を懸け、「櫂」は「天の川」とゆかりを持ち、「天の川」はもちろん切ない戀の象徴となる。言葉は他の言葉と、すべて微妙につながりながら一首が成立する。そのくせ決して、ぎごちない作りものには見えず、一息にすらりと讀み下したやうだ。心のあやと言葉のあやが分ちがたく入りみだれて、美しい調べを作つて行くのが、拾遺集時代の歌のおもしろさで、好ききらひの生れるところだ。兼盛は、光孝天皇の玄孫にあたる皇族の出。天徳四年（九六〇）、清涼殿の歌合で「忍ぶれど色に出でにけりわが戀は」が壬生忠見の「戀すてふわが名はまだきたちにけり」に勝つたエピソードは有名だ。「天の川」は

「兼盛集」に見えるだけで敕撰集には採られてゐない。この家集二百餘首ををさめ、殊に、戀歌がまことにすぐれてゐる。

　　君戀ふと消えこそわたれ山河に渦巻く水のみなわならねど
　　人知れず逢ふを待つ間に戀ひ死なば何に代へたる命とかいはむ

現代人が見ればいささかオーヴァーな表現だが、そこがまた王朝和歌ののどかさとも言へよう。もともと戀歌は熱に浮されたうはごとだ。そのまことしやかな嘘(うそ)の美しさが命、と言へばみもふたもあるまいが。

藤原義孝(ふぢはらのよしたか) 954――974

夕暮の木繁(こしげ)き庭をながめつつ木の葉とともに落つる涙か

夭折の天才歌人十九歳の作であり、家集には戀歌を暗示するやうな詞書が見え、詞花集の雜には挽歌としての詞書がつけられてゐる。いづれにせよ多感な貴公子の心情の高ぶりが、ひたひたと讀者の胸にも傳はつて來るやうな、いさぎよく切ない一首ではある。しかも暗いばかりに茂り合つた庭、その青葉の奥にひたと目をすゑ、何事かを思ひつめてゐる彼の姿は、心なしか不吉なものさへただよはせる。義孝はそれから二年後、天然痘にかかつて二十一歳を一期として死んだ。その兄も同じ病で同じ日の朝に亡くなつたといふ。兄弟の父は謙徳公、藤原伊尹(これただ)である。聞えた美青年であつたが信心厚く、年少の折からひたすら出家を願つてゐた。子のためにこれを思ひ止り、臨終には母に、死の後も法華經を稱へたいから、火葬にしてくれるなと頼んだと傳へる。遺兒こそ後の三蹟の一人、名筆藤原行成である。木の葉が散るやうに涙が落ちる、この世のはかなさ、命のむなしさを若くして見とほした見者の悲しみであらう。彼はまたこの悲しみを次のやうに歌ふ。

行く方(かた)もさだめなき世に水早み鵜舟(うぶね)を棹のさすやいづこそ
夢ならで夢なることをなげきつつ春のはかなきもの思ふかな

ふと後の世の源實朝を思はすやうな悲痛な調べであり、いづれも甲乙のない秀作だ。

66

曾禰好忠（そねのよしただ）

蟬の羽（は）の薄らごろもになりにしを妹（いも）と寢（ぬ）る夜の間遠（まどほ）なるかな

好忠は十世紀末の異色歌人である。和泉式部、紫式部の世に出る前、花山天皇の代、拾遺和歌集の選ばれる頃の歌風は、おほよそ古今集の延長線上でテクニックを更にきめこまかくし、心理のひだを浮きぼりにする反面、いかにも作り上げた生氣のないものが多かつた。好忠はさういふ歌を蹴（け）ちらして、颯爽と肩をそびやかすやうな、氣味のよい作品で人をおどろかす。彼の家集「曾丹集」は一年の始めから終りまでを季節に従ひ、三百六十首をまとめ上げてゐる部分がことにおもしろく、引用の作はその五月中旬に見える。うすものをまとひ、うすら汗のにじむ季節、そぞろに人の肌（はだ）の戀しいみじか夜となつたが、愛する女もまたうす情、共に寢る夜はまれだとなげく。なげきながらユーモラスであり、冱えた感覚を見せながらすこしも病的ではない。どこかに萬葉の東歌(あづまうた)のひびきを傳へ、何かといへばこがれ死ぬの、涙の乾くひまもないのと言葉だけ深刻な當時の戀歌の中では、はつとするくらゐ新しい。

鳴けや鳴け蓬が杣(そま)のきりぎりす過ぎ行く秋はげにぞ悲しき
日暮るれば下葉をぐらき木(こ)のもとのもの恐ろしき夏の夕暮
妹がりと風の寒さにゆくわれを吹きな返しそさ衣の袖

これらいづれも破格の調べで、「鳴けや鳴け」は、この歌以上に有名だ。私は三首とも秀作だと思ふ。百人一首の「由良のとを渡る舟人」など取るに足りぬ歌である。

藤原道信 972――994

さよふけて風や吹くらむ梅の花匂ふここちの空にするかな

風に揺られて梅の香が中空に漂ふ。暗闇の中でその花の姿は見えないが、あの仄かな香はそれだらう。だが言ひ切れるほどさだかではない。梅花香を炷きしめた衣の匂かも知れぬ。作者は「匂ふここちの空に」と、巧に、繊細に暈してゐる。風さへも「や・らむ」とあくまで推定だ。障子を半ば開けて室内にゐるか、渡殿のそぞろ歩きで、まだ月も昇らぬ頃か曇りの夜であらう。春夜の梅の歌は古今集躬恆の「春の夜の闇はあやなし梅の花色こそ見えね香やは隠るる」といふ理論的斷言から、新古今集定家の「大空は梅のにほひにかすみつつ曇りもはてぬ春の夜の月」まで、秀歌名作おびただしいが、道信のこの一首ほど、淡淡しく、儚い調べも珍しからう。すべて目には見えぬ「氣配」だけで、何處かに實在するものを感知しようとする。千載集の春の隱れた佳作だ。

散りのこる花もありけるこの春をわれひとりとも思ひけるかな

道信は十世紀の末近く二十三歳で他界した。夭折の天才歌人としては、その二十年前二十一で世を去つた義孝（よしたか）と共にその名を知られる。一條天皇の代、攝政關白兼家の養子となり、養父の歿後は後の關白道兼に養はれ、年少にして時の名家から「いみじき和歌の上手」と評判される。二十になるやならずで、散りのこるのはわれひとりと歎くとはいかなる心理であらう。道信集はうら若い貴公子の、薄命の豫感にふるへる歌に滿ちてゐる。

和泉式部（いづみしきぶ）

夢にだに見であかしつるあかつきの戀こそ戀のかぎりなりけれ

萬葉この方の女流歌人の代表を、額田王（ぬかたのおほきみ）、坂上郎女（さかのうへのいらつめ）、小野小町と數へ上げて、十世紀末、十一世紀初頭に入ると、やはりまづ第一に和泉式部に指を屈することにならう。直線的、情熱的で、しかもこまやかな調べを持つその詠風は、あるいは今日にいたるまでの、あらゆる歌人を通じて十指に入れてよいかも知れない。この歌は定家が新敕撰集の戀三にも選んでゐるが、初句から結句まで息つくひまもなくたたみかけるやうなリズムは、まさに壓倒的で、彼女のおびただしい戀の秀歌中、殊に目立つものだ。戀人の姿を、うつつにはもちろん、夢にすら見ることができず明かしてしまつた曉、この戀こそ、おそらくは悲戀のきはみであらうと、彼女はむせぶやうに歌ひ、かつなげく。この種の戀歌は本歌も本歌取りも數知れぬほどであり、古歌の中ではもはや一つのパターンをなしてゐるが、和泉式部の作は一頭地を抜いて鮮烈な印象を與へる。あふれる情、それをせき止めて練り上げられた言葉、その雙方の一體となつた力のたまものだらう。紫式部、清少納言、赤染衛門、伊勢大輔と、當時才女は肩を竝べてゐたが、歌才において和泉式部を越えるものはない。最初の夫との間に小式部を生み、後も戀の遍歴を重ねた。

秋吹くはいかなる色の風なれば身にしむばかりあはれなるらむ
しののめにおきて別れし人よりも久しくとまる竹の葉の露

紫式部（むらさきしきぶ） 978頃――1016頃

澄める池の底まで照らすかがり火のまばゆきまでも憂きわが身かな

寛弘五年（一〇〇八）の五月一日から、藤原道長の邸で法華三十講がもよほされた。法華經を一日一巻づつ、一月かかつて講ずる佛教の行事であるが、今をときめく左大臣のことゆゑ、庭には晝をあざむくばかりにかがり火をたき、邸内にはともし火を惜しげもなくともしつらね、うたげさながらのにぎはひであつた。道長の娘彰子は一條天皇の女御となつて九年、二十一歳の美しいさかり、紫式部は彼女につかへて、この土御門殿に暮してゐた。道長の心配といへば彰子が皇子を生んでくれないことだけだつた。「紫式部日記」のクライマックスは、問題の第二皇子の生れる、この年の九月である。「紫式部集」には、法華講の五日目、すなはち五月五日の夜、たまたま菖蒲の香のただよふ池のほとりで、道長夫人をながめ、あるいは親友の小少将（こせうしやう）と語らふさまを、美しい詞書（ことばがき）として、幾つかの心ゆかしい歌が記されてゐる。結構の限りをつくした夜夜の法樂、榮えに榮える主家の明け暮れを見るにつけても、彼女はそれを單純にめでたいなどとは思へない。光のかなたには恐ろしいくらやみが見えるのだ。「まばゆきまでも憂き」と、歎くところに、彼女の鋭い人生觀がある。紫はそれから約六年後、四十未滿で他界した。

散る花を歎きし人は木（こ）のもとの淋しきことやかねて知りけむ
消えぬまの身をも知る知る朝顔の露とあらそふ世を歎くかな

能因(のういん) 988――1058頃

さくら花春は夜だになかりせば夢にものは思はざらまし

「伊勢物語」には「世の中に絶えて櫻のなかりせば春の心はのどけからまし」がある。交野(かたの)の春の櫻狩、惟喬(これたか)親王に率(ひき)ゐられ、側近の若い貴族らが、水無瀬の宮から渚院(なぎさのゐん)へ行き、花の枝を折り頭に插(さ)し、右馬頭(うまのかみ)が披露する歌だ。無いものねだりの逆で、否定不能の存在を打消さうとする不思議なロジックだ。櫻さへなかつたら、かうも待ちこがれ、咲けばうつつを抜かし、散れば名殘を惜しみといふ煩はしさもあるまいにと、たわいもない願望だ。

能因の歌の發想や構成も、それと同一パターンに近い。櫻の咲くのもよい、春がめぐつて來ればその中に生きよう。ただあの「夜」の存在が心を惱ます。晝は紛れてゐるさまざまの慾望、喜怒哀樂が、夜ともなれば、花咲く春は殊更に、夢の中に浮び、泡立ちやまぬ。煩惱の何と耐へがたいことよ。あの夜さへなければ、夢も見まい。夢の中でももの思ふこともなからうに。

山里の春の夕ぐれ來て見ればいりあひの鐘に花ぞ散りける

新古今集の春、落花の名作竝ぶ中に、この古雅な趣はまた抜群である。鐘の音と共に花の散るかすかな響きさへ聞えさうだ。第四句八音、結句「ぞ・ける」の強勢も、飽和狀態の春愁を反映して、うつとりとさせる。

能因は二十六歳で出家して漂泊の日日に歌を殘す。師は藤原長能、宮廷歌人達とも交り深く、數數の逸話が傳へられるが、歿年は知られてゐない。

出羽辨(いではのべん)

おくりてはかへれと思ひし魂のゆきさすらひて今朝はなきかな

ある雪の朝、後一條中宮威子(ゐし)に仕へる女房出羽辨と別れて歸つてきた歌人大納言經信(つねのぶ)のところへ、使の者が歌を屆けに來た。見ると、一夜契つて、先刻別れたばかりの彼女からの、この一首だつた。「あなたを見送らうと、魂は私のからだを離れて出て行きました。御歸館を見とどけたらすぐ引き返さうと思つてゐましたのに、どこをさまよひ歩いてゐるのやら、今朝はまだ戻らず、私の身は、まさに『ぬけがら』です」と訴へてゐる。身體と靈魂を切りはなして考へ、それをもう一人の自分が客觀して歌つた珍しい手法で、現代短歌も顔負けといへようか。また戀歌としても、ずいぶん奇抜なもので、男もいささかとまどつたやうだ。金葉集戀の部には、この歌に竝んで經信の返歌も出てゐる。

冬の夜の雪げの空に出でしかど影より他に送りやはせし

すなはち魂を送つたといふが、ついて來たのは影だけだよといふ冷たい間の抜けた返事だ。出羽辨は十一世紀の初めに生れ、中宮、內親王等に永らく仕へ續けて七十餘歲まで生きた。なかなかの才女で、歌合にも活躍し「出羽辨集」といふ家集も殘した。また「榮花物語續篇」の作者とも言はれてゐるが、言はれるほどの文才をもうたはれてゐたのだらう。

左は天喜三年五月六條齋院禖子內親王主催の「物語歌合」に見える彼女の作である。

つねよりも濡れそふ袖はほととぎす鳴き渡る音（ね）のかかるなりけり

相模（さがみ）

いつとなく心そらなるわが戀や富士のたかねにかかる白雲（しらくも）

富士と戀といへば古今集には「人知れぬ思ひをつねにするがなるふじの山こそわが身なりけれ」があり、後撰集には「戀をのみつねにするがの山なればふじのねにのみ泣かぬ日はなし」が見える。富士は七八一年、八〇〇年、八六四年と續けて爆發した。當時は煙の絶えぬ活火山であつたことを前提として、これらの歌を讀むべきだらう。もつとも後撰の方は「嶺＝ね」と「音＝ね」を懸けただけで「わが胸の燃ゆる思ひ」の「火」とは直接かかはりはあるまい。さういふ類型的な「富士に寄する戀」の中にあつて、相模の歌は實にすつきりと心の景色を描きおほせた。うすずみ色の空に、夕陽をうけた朱色の富士山が浮び、その中腹にほの白い雲のたなびいてゐるながめだ。人を戀して心もうつろに、夜となく晝となく思ひ續け、つひには身さへぬけがらになる、と言ひたいのだらう。「白雲」こそ、戀の實體かも知れぬ。「何時となく」だから「不時＝ふじ」に懸けたのだといふ解釋もあるが、そこまで考へたかどうか。相模は大江公資の妻で三十六歌仙の一人、公資も敕撰歌人だが、彼と別れて後宮仕へする。十一世紀前半の數數の歌合に出席し、女流リーダーの一人で、一〇六一年以降に六十過ぎて死んだと傳へる。

わが袖を秋の草葉にくらべばやいづれか露のおきはまさると

あやめにもあらぬ眞菰を引きかけし假の夜殿の忘られぬかな

源俊頼(みなもとのとしより) 1055——1129

風吹けば蓮の浮葉(うきば)に玉こえてすずしくなりぬひぐらしの聲

金葉集の夏の部に見え「『水風晩涼(すいふうゆふべにすずし)』といへることをよめる」と詞書(ことばがき)が添へてある。撰者俊頼の代表作の一つで、當時としては目をみはらせるばかりの新風であつた。風に吹き散らされたさざなみが、玉となつて蓮のなめらかな葉に飛び、飛び越えるさまをいきいきと寫し、その鮮やかな繪畫的な場面にうつとりしてゐると、下句は一轉して、彼方の木立から降つて來る、さびさびとしたひぐらしの音を傳へる。そのへんの手際が古來高く評價された。金葉集は一一二七年、白河院の命によつて俊頼が選んだ第五敕撰集で、第二、三、四の集が皆古今集の亞流だつたのに比べ、革新的でしかも清新な氣にあふれてゐる。俊頼の今一つの代表作は秋の部にある。

　うづら鳴く眞野の入江の濱風に尾花波よる秋の夕暮

のちに定家なども「幽玄におもかげかすかにさびしき體」とたたへ、秀歌の手本とした。暮れかかる湖は波立つ。これにこたへるかに岸のすすきも夕風に白い波をよせては返し、どこかにうづらのほろほろと鳴く聲がする。まことによくできた歌で、たとへば百人一首の「うかりける人をはつせの山おろしよ」などとは比べものにならない。ちなみに蓮の歌も尾花の歌も、題によつて作り上げたものだ。次の二首も同様である。

　何となくものぞかなしき菅原や伏見の里の秋のゆふぐれ
　松風の音だに秋はさびしきに衣打つなり玉川の里

待賢門院安藝（たいけんもんゐんのあき）

笹の葉を夕露（ゆふつゆ）ながら折り敷けば玉散る旅の草枕かな

陸の旅は草枕、笹枕、船旅となれば波枕、浮枕、いづれも單に「枕詞（まくらことば）」で終りはしない。王朝の旅は道も宿も思ふにまかせず、文字通り草や笹を枕に野宿することも珍しくはなく、船には波しぶきが入つておちおちと眠ることもできなかつた。野宿しても火をたくことはいろいろとさはりもあり、食事にも事を缺く。京を離れて西や東へ長の旅に出るには、今日の海外旅行以上の準備と決意を必要としただらう。安藝の歌はその心細さを實に美しくあはれに表現しつくしてゐる。「玉散る」のは笹の露であると同時に、いふまでもなく作者の涙でもある。夕暮ひえびえとした木影にふしどをととのへようとする一人旅の女の姿が、うすずみ色に浮んでくるやうだ。そしてその旅にある作者の人生も何となく背後に匂(にほ)つてくる。彼女は鳥羽院の中宮待賢門院璋子(しやうし)に仕へ、久安百首にも召された女流歌人である。璋子は崇徳院の母であり、彼女や「長からむ心も知らず黒髪の」の作者堀河も、やがておこる保元・平治の亂前夜のさわがしい宮廷に生きてゐた。引用の歌は千載集の羇旅(きりよ)の部に、前記堀河の「みちすがら心も空にながめやる都の山の雲がくれぬる」と竝べて採られてゐる。彼女らは實生活でもことに親しい間だつた。

　庭の花もとの梢に吹きかへせ散らすのみやは心なるべき
　五月雨(さみだれ)はあまの藻鹽木(もしほぎ)朽ちにけり浦べに煙絶えてほど經ぬ

源頼政（みなもとのよりまさ） 1104――1180

みちのくの金（かね）をば戀ひてほる間なく妹（いも）がなまりの忘られぬ哉

源三位頼政が、以仁王（もちひとわう）を奉じて平家追討の兵を起し、たちまち敗れて、宇治の平等院に悲愴（ひさう）な討死をとげるのは、一一八〇（治承四）年五月二十六日のことであり、彼はこの時七十七歳、共に死んだ長男仲綱は五十五歳だつた。結果論ではあるが、ほとんど勝ち目のない戰ひである。三十なかばで宮仕へし、ひたすら昇進を願つてつひに從三位にまでこぎつけた。あらゆる歌會に顔を出して、自由奔放な男歌を、おめず臆（おく）せず發表し、あつぱれ歌人としても名を高めた。そのままで安樂な一生も送れたらうに、彼はあへて謀叛（むほん）人としての死を選ぶ。彼の壯年時代はさまざまの逸話やエピソードに滿ちてをり、八百首近くををさめた「從三位頼政卿集」には、あまたの女房たちとの華やかな戀の贈答歌が竝ぶ。何を歌つてもからりとして、率直で、しかも實に達者なよみ口だ。この歌なども、多分東國出身の愛人の言葉の「訛（なまり）」と、金屬の「鉛」をかけ、「掘（ほ）る」と「慾（ほ）る」すなはち物慾と戀心の二すぢになやむ男心を告白してゐるのだが、ユーモラスで、しみじみとした味もあり、技巧もなかなかの冱（さ）えを見せる。息子の仲綱も歌人として聞え、娘の二條院讃岐、姪の宜秋門院丹後、共に「沖の石」「異浦（ことうら）」の異名を取る有名な歌人で、新古今時代まで活躍した。

くやしくも朝ゐる雲にはかられて花なき峯にわれは來にけり
戀するか何ぞと人やとがむらむ山ほととぎす今朝は待つ身を

藤原俊成(ふぢはらのとしなり) 1114 —— 1204

荒れわたる秋の庭こそあはれなれまして消えなむ露の夕暮

巨匠俊成時に八十九歳、千五百番歌合は彼の今生の名殘の晴の場であつた。彼は息子の定家、孫の俊成卿女をひきゐて右方に列し、また判者として春の三と四を擔當する。この「露の夕暮」のほそぼそと澄み切つた調べの美しさ、あやふく涙を誘はれるばかり心に沁む。「荒れ／秋／あはれ」上三句に「あ」の頭韻を配した所も、彼の言語感覺の極點を見る思ひである。「まして消えなむ」は露を意味すると同時に彼自身の命を暗示する。そして、彼はこの翌年、後鳥羽院に九十に達した祝賀の宴を催してもらひ、元久元年、すなはち新古今集成立の一年前、九十一歳で大往生を遂げる。一世紀に近い人生の半ばは源平の戰ひに明け暮れ、老境に入つてからも政變などのため、歌人としての苦勞は絶間がなかつた。

またや見む交野のみ野の櫻がり花の雪散る春の曙

昔思ふ草のいほりの夜の雨に涙な添へそ山ほととぎす

夕されば野べの秋風身にしみてうづら鳴くなり深草の里

いづれも新古今の春、夏、秋を飾る名作である。俊成が、この他六百番歌合判詞や「古來風躰抄」等歌論の面で、「幽玄」と呼ぶ理想の姿を考へ、ユニークな批評基準を打ちたてた功績も忘れてはなるまい。

西行 1118——1190

松風の音のみなにか石ばしる水にも秋はありけるものを

西行の家集「山家集」には、彼が生きてゐた十二世紀中葉の宮廷の和歌、すなはち詞花集、千載集などを代表する貴族や僧侶の作品には、到底見られない、彼の人生、日常をそのまま反映した、單純で親しみやすい心境詠があまた肩を竝べてゐる。新古今歌人たちもそれを珍しがり、ある意味では高く評價した。その後の人人もさまざまな角度から、この複雑な遁世歌人を見つめてゐる。「鴫立つ澤の秋の夕暮」や「いのちなりけりさやの中山」等、有名な歌は多いが、それらが皆秀作とは言へない。引用の歌などほとんど紹介されてゐないが、私は西行らしからぬ技巧の冱えを見せた面白い歌だと思つてゐる。松吹く山風が、水のしぶきのやうに岩にふりかかる。眞夏の山中に早くもきざす初秋、たぎち流れる水、よどみたゆたふ水、その水の中にもすでに秋はひそんでゐる。まことにさはやかでしかも思ひ深く、明暗と屈折に富んだ表現である。上句で人の耳をそばだたせ、下句はそれを受けつつ意表をついたやうななげきを聞かせる。單なる敍景でもありふれた抒情でもない。ともすればどちらかにかたよつて退屈になりがちな彼の歌の中では注目にあたひするものであらう。左の二首も有名だ。

底澄みて波こまかなるさざれ水わたりやられぬ山川のかげ
きりぎりす夜寒に秋のなるままに弱るか聲の遠ざかりゆく

小侍従（こじじゅう） 1121?——1201?

夢とのみ思ひ果ててもやむべきに契りし文（ふみ）の何殘りけむ

あの儚い戀、つひに遂げられぬと二人とも知りつつ重ねた逢ひ。短い夢であつたと諦めて、それはそれでよかつたのだ。一點の汚點（しみ）も止めず、若い日の華やかに哀しい思ひ出の中に融（と）け去るべきであつた。今私の手許には一通の手紙がある。すべて燒き捨てたつもりであつた文殼が、なぜ廚子（づし）の手筥（てばこ）の底に殘つてゐたのやら。そこには男手の墨痕あざやかに書き連ねた愛の言葉、末を誓ふ文言の數數、今となつては白白しく、むしろあはれだ。想ひ出を今俄に彩り汚す一抹の黑と薄紅。解釋は幾通りもあらうが、これほどの心理の文目（あやめ）を、小侍従は簡潔に一息で言ひおほせた。調べは勁（つよ）くしかも優美である。

よしさらば戀ひ死ぬべしと言ひながら生けるは人を頼まざりしに

いざ、この戀かなはずば命を絶つと身も世もなく泣き暮したことも、すべて熱に浮かされた若氣の過ちであつたのか。わが身はかうしてながらへて、何事もなかつたやうに、平穏無事の日日を送り迎へてゐる。結局、人の心や言葉を、私は始めからあてになどしてゐなかつたのか。

小侍従の戀歌は「待宵」の昔から情を盡して冱えてゐる。引用の二首はいづれも千五百番歌合の「戀一」、十三世紀初頭、彼女は八十歳を越え、しかも後鳥羽院一世一代の大歌合の盛儀に召され、粒揃ひの百首を、當代の名手に伍して競つた。「待つ宵に更けゆく鐘の聲きけばあかぬ別れの鳥はものかは」が「待宵」の名のもとである。

藤原師長（ふぢはらのもろなが） 1138――1192

敎へおく形見をふかくしのばなむ身は青海の波に流れぬ

師長は保元の亂の立役者頼長の子である。崇德新院に從つて左大臣頼長も命の限り戰つたがつひに敗れ、自分をひどく愛してくれた父にすがつたが、いざとなると冷たく拒まれて、矢傷のために死んでしまふ。叛亂軍に對する處分はきびしく崇德院は讃岐に流され、九年間、實の兄の後白河院を呪（のろ）ひつつ、京へ歸ることなく崩じた。師長も父の罪に連なつて土佐へ配流になる。彼は今で言ふすぐれたミュージシャンで、琴と箏（さう）の名手、しかも當時の流行歌謠今樣（いまやう）にも精通し、名曲については譜面や祕傳書も殘した。歌謠好きの後白河院が最愛の臣として取り立てたのも當然だ。この歌は、土佐へ流される時、津の國の川尻まで送つて來た寵臣、琴をよくす

る源　惟盛（みなもとのこれもり）に、今生の形見にもと、祕曲「青海波（せいがいは）」の弾き方を教へる、その感動的な一シーンである。あだやおろそかに思つてくれるなよ、私の身は曲の名さながら、この青海原の波に流されて、はるか南の果てに行かねばならぬと、しみじみ言ひきかすのだ。下句の悲劇的な調べが胸を打ち、さすがその號も「妙音院」と言つた音樂家だけのことはあると思はせる美しい一首である。土佐からは八年後に召しかへされ、太政大臣にまで昇る。父頼長も笙（しやう）の名人であつた。

ちなみに、「梁塵祕抄」にはその頃歌はれた今様の、崇徳院配流を諷したものが見える。「讃岐の松山に、松の一本歪（ひともとゆが）みたる、捩（もぢ）りさの捩（すぢ）りさに猜（そね）うだる」云云。

鴨長明（かものちやうめい） 1155頃—1216

雲路（くもぢ）わけもの思ふ雁や過ぎつらむ色淺からぬ萩の上の露

南から渡つて來た雁は何か悲しい思ひ出を殘して來たのであらうか。この萩の花群は今朝置く露に、思へば常にも増して紅の色が深い。恐らくは過ぎ行く雁が涙をこぼしたのだ。さうに違ひない。一首の中に「涙」とは一言も交へず、おのづからそれと覺（さと）らせる。その師俊惠讓りの念入りな修辭であらう。中原有安に學んだ琵琶も、宮廷にまでその上手を知られるほどの技倆であつたと傳へる。貴族でも、一藝のみでは後鳥羽院の寵は得られぬ時代に、賀茂の禰宜長繼の孤兒が、拔擢も拔擢、和歌所寄人（よりうど）として召されたのは、よほど魅力のある人柄だつたに違ひない。

袖にしも月かかれとは契りおかず涙は知るやうつの山越

袖の涙に月が映る。私は月に、このやうに、袖にまで、袖の涙にまで懸つてくれと契りはしなかつた。何故かかるのか、涙よ、お前は知つてゐるのか。第二、三句の強引なまでの屈折思考と複雑な修辭は、新古今時代でも珍しい。長明が「無名抄」で批判的であつた狂言綺語を、私はかへつて彼自身の作に見る。しかし、舌足らずに見えつつ、實は簡潔を極めて意を盡すこの技法は、他に類を見ない。新古今集成立は彼の五十一歳の春、六年後鎌倉に下り、二十歳の將軍實朝に謁見して、親しく言葉を交した。名著「方丈記」はその翌年の作、この中世の見者も、承久の亂を見ることなく六十二歳で世を去る。實朝の横死はその三年後のことであつた。

式子内親王(しょくしないしんわう) 1149――1201

桐の葉も踏みわけがたくなりにけりかならず人を待つとなけれど

「式子內親王集」と「新古今」の秋の部に見える、まことにひめやかな晩秋の歌である。殊に下句の微妙な言ひ廻しは、さすが式子內親王と、思はず膝(ひざ)をたたきたくなるくらゐだ。必ずしもその人の來訪を待つてゐるわけではない。だが、桐の落葉も積り重なり、家の入口まで踏みわづらふほどだ。秋は深くなり、ひとりの心は堪へがたく寂しい。待つてゐると言へばあらはに過ぎ、ゐないと言へば嘘(うそ)になる。そのあやふい心のかげりを作者は、たゆたひつつさらりと歌ひおほせた。天才といふものだらう。後白河天皇の皇女、高倉天皇には姉、後鳥羽天皇には伯母にあたる。平治元年、十一歳で賀茂の齋院となり、十一年間奉仕して宮中に歸つたが、不幸な事件が重なつて、引きこもつたまま、つひに華やぐ日もなく一生を終つたが、その歌才は拔群で萬葉以來今日までの、おびただしい女流歌人中、第一位と言つてもよからう。この歌は正治二年、後鳥羽院に召された百首歌中のものだが、彼女はその翌年、五十三歳で世を去つた。四年後に一應成つた「新古今」には四十九首入撰、その歌數は西行、慈圓、良經、俊成に次いで第五位、すべて比類なく美しく、永遠に人の心をうつ絶唱ばかりである。

左の歌はいかなる敕撰集にも採られてゐない。

殘り行く有明の月のもる影にほのぼの落つる葉隱れの花
夕霧も心の底にむせびつつ我が身一つの秋ぞ更けゆく

慈圓(じゑん) 1155 —— 1225

雲とづる宿の軒ばの夕ながめ戀よりあまる雨の音かは

比叡山延暦寺の僧の最高位にあつた慈圓は、時の攝政關白九條兼實の弟で、新古今集成立までの歌壇のリーダーの一人であつた。天才の聞え高く、後には新古今集の序文を、後鳥羽院に代つて書いた良經は、彼の甥(をひ)にあたり、秀才定家は良經の家に仕へてゐた。引用の一首は、良經主催の六百番歌合、「雨に寄する戀」の題で、良經に負けた作品だ。反對派の面面、てんで譯のわからぬ歌だとけなすので、判者の俊成も、面白い歌だがさうまで皆が言ふなら仕方がないと投げてしまつた。だが、うつうつと明け暮れる雨季の軒ばの、その雨だれを苦しい戀のなげきの涙に、強引に言ひ變へる技法、いかにも慈圓らしく興味深い。良經の鋭くきびしい美學、定家の完璧（かんぺき）な詩學、後鳥羽院の自由自在な風格、いづれも見ものだが、慈圓の大膽不敵な、大らかな詠風も人を驚かす。

心こそ行方も知らね三輪の山杉の梢の夕暮の空
思ひ出（い）でば同じながめにかへるまで心に殘れ春の曙
鳴く鹿の聲にめざめてしのぶかな見果てぬ夢の秋の思ひを

彼の堂堂たる姿勢はこれらの有名な作品にもよくうかがへる。後鳥羽院は慈圓を評して、人の考へつかぬ珍しい詠風を好んだと書いてゐる。その珍しさこそ新古今の原動力となつたのだ。

藤原家隆（ふぢはらのいへたか） 1158――1237

唐土（もろこし）も近く見し夜の夢絶えてむなしき床（とこ）に沖つ白波

家隆の家集「壬二集（みにしふ）」の下巻「戀」の部に見える。唐といへば王朝の文化人にとつて、明治・大正のパリ、ロンドン以上のあこがれの地であつたらう。白樂天の詩を暗記し、漢文で日記や手紙までしたためてゐた貴族は、恐らく夜ごとに夢みたことと思はれる。だが、海路はあまりにもはるかであつた。唐へ渡るまでに海に沈んだ人、渡つたきり歸れなかつた人の話は、あまた語り傳へられてゐた。その唐が、身に近く思へるほど幸福な夜夜の夢も、見なくなつて久しい。愛する人も來ぬ寢室にひとり起きて、一夜遠い沖の波の音を聞く。奇想とも言へる大景で歌ひ出し、絶えた戀の悲しみに閉ぢるおもしろい歌だ。「千載集」の秋の巻頭に、大貳三位の

「はるかなるもろこしまでも行くものは秋の寝覺の心なりけり」がある。本歌の四季を戀に變へて取ったのだが、家隆のすさまじい調べには、戀のおもむきはあまり感じられない。家隆は良經や定家、寂蓮と共に、俊成に教へを受けた「新古今」の代表歌人である。

思ひ出でよ誰がかねごとの末ならむ昨日の雲のあとの山風
菅原や伏見もよそのふるさとにまた絶え果つる夢の通ひ路
誰がなかに遠ざかりゆく玉章の果ては絶えぬる春の雁がね

いづれも家隆の卓絶した技巧派としての一面を見る傑作であらう。後鳥羽院配流の後も、遠島歌合などに心をつくし、長く忠誠を守った一人である。

藤原定家（ふぢはらのさだいへ） 1162――1241

鶉（うづら）鳴くゆふべの空をなごりにて野となりにけり深草の里

文治三年、作者二十六歳の冬に制作の「閑居百首」の秋にある一首だが、言はずと知れた「伊勢物語」第百二十三段の本歌取りだ。深草に住む女となじんで共に暮してゐた男が、やうやく飽いて來て彼女を置去りにしようともくろみ「年を經て住みこし里を出でていなばいとど深草野とやなりなむ」と歌ふ。女はそれを聞いて「野とならば鶉となりて鳴きをらむかりにだにやは君は來ざらむ」と歌ひ返す。男は、「鳥に變身して鳴いていませう。ほんの、かりそめにさへ、來ては下さらないのですか。いいえ、きつと來られますね」といふ女のあはれな心に引かれて思ひ止る。定家の本歌取りは、上句の、特に「ゆふべの空をなごりにて」あたりが、實にうまい。秋草が風になびきつつ夕映に染るひと時の、はるばるとした、わびしいながめが浮び上つて來る。同じ段の本歌取りでは定家の父俊成が「夕されば野べの秋風身にしみて鶉鳴くなり深草の里」を殘してをり、彼の代表作として名高い。定家はこの前年、二十五歳で、西行の勸めによる「二見浦百首」を制作し、この中には後の世まで知られた三夕の一つが含まれてゐる。

見渡せば花ももみぢもなかりけり浦のとまやの秋の夕暮
花の散る行方をだにも隔てつつ霞の外に過ぐる春かな

藤原良經（ふぢはらのよしつね） 1169――1206

片山の垣根の日かげほの見えて露にぞうつる花の夕顔

六百番歌合、「夕顏」の題で作られた夏の歌である。席上では評判が惡く、判者俊成も負としてゐる。だが決して捨てたものではない。俊成は「夕顏の花」と言はず「花の夕顏」とひねつたところが氣に入らないらしい。しかし、源氏物語の「夕顏の巻」にも「寄りてこそそれかとも見めたそがれにほのぼの見つる花の夕顏」があり、良經ももちろんそれを踏まへ、かつなつかしんで取つたのだ。同じ歌合の冬の「枯野」で、これも良經の「見し秋を何に殘さむ草の原」の「草の原」を同席の歌人が聞きなれぬ言葉だとけなした時、俊成は、これが源氏の「花宴」に出てくることを說明し、「源氏見ざる歌よみは遺恨のことなり」といふ有名な判詞を記す。

その俊成にしては片手落ちな評價と言はねばなるまい。新古今時代の歌は何よりも一首の向うにこまやかな物語の世界がひろがり、讀者をいざなふところにおもしろさがある。この一首も「露にぞうつる」のあたりに、新古今の代表歌人、若死した天才貴族良經の鋭い感覺がうかがはれる。古典に出てくる「夕顏」は例の「かんぺう」を取る瓜の呼名で、一般にその名で呼ばれる現今の「夜顏」は熱帶アメリカ原産で明治初年の輸入植物である。

冬の夢のおどろきはつる曙に春のうつつのまづ見ゆるかな
知るや君末の松山越す波になほも越えたる袖のけしきを

藤原雅經（ふぢはらのまさつね） 1170――1221

見し人の面影とめよ清見潟（きよみがた）袖に關守る波のかよひ路（ぢ）

「水無瀬（みなせ）戀十五首歌合」中の、雅經一代の作中でも屈指の名歌である。彼は今一首、この歌合の作を新古今に採られた。「草枕結びさだめむ方知らずならはぬ野邊の夢の通ひ路」であり、後に立原道造が珠玉の短篇小説「鮎子の歌」のサブ・タイトルに飾つたので、現代人にも知られてゐる。共に忘れ得ぬ美しい歌だ。「清見潟」はその歌合では、家隆の「忘らるる浮名をすすげ清見潟關の岩越す浪の月影」との番（つがひ）で勝つてゐる。ちなみに「草枕」も有家に勝つた。さすが判者俊成の目は確である。

「見し人」とは簡潔で意味深長な歌語だ。これ一語で、かつて一度會ひ、それ以後絶えてゐる愛(いと)しい人を言ふ。清見潟には清見が關がある。逢へぬ悲しみにはふり落ちる涙は袖を傳ふが、袖にも涙の關はある。古歌にも「胸は富士袖は清見が關なれや」と歌はれ、詞花集に採られてゐる。あの一目見た面影を袖の涙に映しとどめておきたい、とどめてくれよと男は清見潟に訴へる。波の通ひ路、涙の通ひ路。言葉は綾織の絲のやうに錯綜しかつ色を變へ、分析は不可能であり無意味となつて來る。

さだかなる夢も昔とむばたまのやみのうつつに匂ふたちばな

蹴鞠の名手で飛鳥井家の始祖となり、參議從三位に昇る。橘の香の「やみのうつつに」あたり、この人の得意の箇處であらう。承久の亂勃發のその承久三年に五十二歳で他界した。大江廣元の女(むすめ)を妻としてゐる。

俊成卿女（としなりきやうのむすめ） 1171頃――1254頃

暮れはつる尾花がもとのおもひ草はかなの野べの露のよすがや

作者は當時の宮廷歌壇の元老、藤原俊成の孫、定家の姪（めひ）に當るが、和歌の才能拔群であるところを見込まれて、祖父の養女に迎へられる。歌才は後鳥羽院も大いに認め、院女房として出仕するやうになり、千五百番歌合にも列する。「おもひ草」の歌は、四十過ぎて隱棲（いんせい）してからの「北山三十首」の「戀」に見える。元久二年三月二日、新古今集戀二の卷頭に、後鳥羽院の鶴の一聲で撰入されたのが次の一首である。

下燃えに思ひ消えなむけぶりだにあとなき雲のはてぞかなしき

これはそれより十年後の作であるが、華やかな詠風はいささかも衰へてゐない。「思ひ草」は古歌によく出て來るが、「南蠻煙管（なんばんぎせる）」のこととも言はれつつ、依然正體不明であり、そのころも實物より名の面白さで使はれてゐたのだらう。息をはづませるやうな、小刻みな、直線的な調べも「や」で終るところも珍しく、新古今新風の女流代表の面影をしのばせる。

風通ふ寢ざめの袖の花の香にかをる枕の春の夜の夢
面影のかすめる月ぞやどりける春や昔の袖の涙に
ことわりの秋にはあへぬ涙かな月の桂も變る光に

いづれも纖細鮮麗、彼女の名を高からしめた秀歌である。俊成、定家、院、其他すべての新古今歌人の死をよそながら見送り、建長六年頃八十數歳で死ぬまで健筆を誇つた。

後鳥羽院（ごとばゐん） 1180――1239

白菊に人の心ぞ知られけるうつろひにけり霜もおきあへず

有名歌人に百首歌制作を命じた正治二年八月、當時二十一歳の後鳥羽院も、良經、定家、家隆ら壯年のヴェテランを見下すかに、堂堂たる力作を示した。この一首など、帝王としての誇りとなげきと怒りが、それにふさはしい烈しい調べに乘つて、一讀はつとするやうな秀作となつてゐる。三句切、四句切、結句否定形といふ構成も珍しい。百首中には他にも秀作が夥しい。

うすく濃き園の胡蝶はたはぶれて霞める空に飛びまがふかな
朝倉や木の丸どのに澄む月の光はなのるここちこそすれ

いづれもとても二十一歳とは思へぬ練達のわざがうかがへる。傑作との聞え高い「見渡せば山もと霞む水無瀬川ゆふべは秋と何思ひけむ」は「新古今」成立の元久二年、二十六歳の六月のもの、「み吉野の高嶺（たかね）の櫻散りにけりあらしも白き春のあけぼの」は最勝四天王院の障子（さうじ）に書かれた歌で、二十八歳の作であつた。この寺は鎌倉將軍源實朝を祈り殺すために建てられたとの噂もあり、これ以後院は次第に武の世界、政治の領域に沒頭して行き、つひに四十二歳の五月、承久の亂に突入、七月には隱岐遠島となる。院は文武兩道の天才であり英雄であつた。「新古今」と「承久の亂」は、豪華をきはめたこの世への形見だ。

神無月しぐれに暮るる冬の日を待つ夜なければばかなしともみず

藤原秀能（ふぢはらのひでたふ）　1184——1240

風吹けばよそになるみのかたおもひ思はぬ波に鳴く千鳥かな

最勝四天王院の障子（さうじ）の名所繪の中、「鳴海潟」につけた歌と詞書にある。この寺は後鳥羽院が承元元年（一二〇七）白河の御所内に建てた寺で、鎌倉への呪詛、殊に將軍實朝調伏（てうぶく）が目的だと噂された。定家はこの障子繪宰領を命じられ、繪師の割振や揮毫の手配に東奔西走し、一方では名所歌の制作に苦心する。當時の有名歌人はほとんど、この時歌枕四十六首を詠進することになり、その中から數多（あまた）新古今集に採られたが、肝腎の定家は自信作皆沒となり、大淀浦（おほよどのうら）を一首拾はれただけであつた。

秀能はこの年二十四歲、文武兩道に秀でた若武者で、二十八歲の後鳥羽の寵愛を一身に集めてゐた。定家が彼の歌を認めず蔭口を叩いたと、院が後後まで意趣を持ち口傳で駁論するのは有名だ。この鳴海潟、明快颯爽たる詠風の秀能にしては異色作で、まことに複雑微妙な修辭を試み、脆美な調べを操る。番の濱千鳥が烈風に吹き分けられて、意外な他所の海の波の上で、元の鳴海潟の連の千鳥を戀うて鳴くといふ。「よそに鳴海のかたおもひ思はぬ」の息を彈ませるやうな調べが切なくまた鮮やかだ。

承久の亂には寄手の大將軍を仰せつかつて奮戰したが、敗れて行方を晦まし、如願法師となる。隱岐の後鳥羽院には便りを缺かさず、崩御の日まで愛顧に報いた。「增鏡」には院に拔擢される千五百番歌合當時のことが、縷縷と語られてゐる。

もの思ふ秋はいかなる秋ならむ嵐も月もかはるものかは

院崩御の翌年五十七歲で歿した。

後鳥羽院宮内卿

見渡せば氷の上に月冱えて霰なみよる眞野の浦風

千五百番歌合の九百九十七番の左、右は藤原雅經で判は持。判者が頭の古い六條家の季經だから無理もないが、宮内卿の技巧は稱讃に價する。寒夜、氷の張りそめた湖の上に月は照り、風と共に先刻降つた霰が波のまにまに打ち寄せて來る光景だ。金葉集の秋、源俊頼の名作「うづら鳴く眞野の入江の濱風に尾花なみよる秋の夕暮」の本歌取りであるが、心も冷えわたるやうなこの眺め、本歌も顔色無しだらう。この時宮内卿十六、七歳、後鳥羽院の最も期待する天才少女であつた。大家中堅ひしめくこの大歌合に、院に勵まされて列席し、天晴れ「うすく濃き野べの綠の若草にあとまで見ゆる雪のむら消え」と歌ひ、「若草の宮内卿」の名を高める。「増鏡」にもこのエピソードは美しい文章で傳へられてをり、次の二首も新古今集の春に竝んで入撰した。

花誘ふ比良の山風吹きにけり漕ぎ行く舟の跡見ゆるまで
逢坂や梢の花を吹くからに嵐ぞかすむ關の杉群

これらの水際立つた表現力は後の世までたたへられる。この歌合の後、彼女は歌ふべきことを歌ひ盡したやうに、二十歳にもならず世を去る。新古今集の可憐な名花一輪、まことにいかなる悲歌にもまさる劇的な、あまりにも短い一生であつた。

くれなゐの千入のまふり山の端に日の入る時の空にぞありける

源　實朝　1192――1219

「くれなゐの千入のまふり」とは布を紅色に染めるのに、千度漬けては出し、絞つては浸して濃くすることである。日沒時の空が、そのやうに赤いといふのだ。ただそれだけのことながら、結句「空にぞありける」の重く沈んだひびきのために、一首そのものが、暗く、かつ悲しみを帶びる。「ちしほ」は當然同じ發音の「血潮」を聯想させ、西空の色まで何か不吉な感じをただよはせ始める。そして私たちは、これが、二十八歳の一月下旬、鎌倉鶴岡八幡宮の石階において、北條義時の陰謀によつて、あへない最期をとげた青年將軍の作であることを知る時、なるほどとうなづくのだ。この歌を含む實朝の家集「金槐和歌集」は、ほとんどが彼の二十二歳頃までの制作であると傳へる。彼が歌をよみ始めたのは十四歳の四月、その年の九月に藤原定家から「新古今和歌集」をおくられる。明治以後、正岡子規などによつて、その萬葉調の歌がさかんにほめられてゐるが、まことに人の心を打つのは他の歌であらう。

萩の花くれぐれまでもありつるが月出でて見るに無きがはかなさ
はかなくてこよひ明けなば行く年の思ひ出もなき春にや逢はなむ

これらに見る、暗くわびしい心境の歌こそこの非運の歌人將軍の魂を映したものではあるまいか。

順徳院（じゅんとくゐん） 1197――1242

草の葉におきそめしより白露の袖のほかなる夕暮ぞなき

後鳥羽院は土御門天皇が十六歳になると、強ひて退位させ、二つ歳下の皇子を順徳天皇とした。父院譲りの才氣と詩才に恵まれた順徳は、あからさまなくらゐ偏愛され、承久の亂にも積極的に參加する。鎌倉の目も容赦なく、亂後は後鳥羽に次ぐ重罪で佐渡配流。つひに京へ還る日もなく、二十一年を遠島に閉ぢこめられた末、四十六で崩じる。土御門院は討幕計畫を諌めて父院の不興を買つたくらゐだから、幕府も咎めようとしなかつたが、みづから望んで父と兄に殉じ、土佐に配流され、やがて阿波に遷され、ここで三十七歳の、波瀾に富んだ短い人生を終る。

歌は順徳院の方が格調高く修辭も巧だ。「白露」の歌は千載集に圓位の名で取られた西行の秀歌「おほかたの露には何のなるならむ袂に置くは涙なりけり」を、更に婉曲に、暗示的にし、涙を言外に感じさせる。露と涙のかかはりをこれほど技巧的に表現した歌も少からう。續後撰集には、新敕撰集に入るべくして斥けられた數多の佳作が選ばれてをり、續古今集以後にもその多彩な詠風は紛れもない。さすが「八雲御抄」の著者だ。

散りつもる紅葉に橋はうづもれて跡絶えはつる秋のふるさと

新古今集春の部の掉尾、後京極良經の絶唱「春のふるさと」と對句をなすやうな鮮麗さをここに見る。「秋はなほもの思ふ宿の萩の枝に雁のなみだの露や添ふらむ」は、思ふに長明の萩の露のひそかな本歌取りであらう。

藤原爲家（ふぢはらのためいへ） 1198——1275

落ちたぎつ岩瀬を越ゆる三河（みつかは）の枕をあらふあかつきの夢

定家の嗣子爲家は、父や祖父俊成の絶大な期待にもかかはらず、詩歌の才は一向に認められず、勉學に勵まうともしなかつた。代りに蹴鞠にかけては天才と言へるほどの素質あり、十代になると早くも後鳥羽院の目にとまり、連日召されて相手を承つた。和漢の秀才ならこの年で讀書詠歌の相手ができようものをと定家はしきりに歎いた。二十一歳になつても歌人交りのできかねる有様で、後鳥羽は和歌の詠進を命ずる時も、あまりの評判の悪さに除外した。翻然としてこの道にいそしみ始めたのは承久の亂後二年目、二十六歳の頃からで、この年彼は大發奮して千首を詠んだ。數を揃へただけの話だ。

その家集を見ても、續後撰以下の入集歌を眺めても、閃きは見られず、新敕撰風の無味平凡な歌が九割九分を占める。「あかつきの夢」は建長五年五十六歳の作、怪我の功名かと思ふほど華やかな技法を見せ、音韻のまろやかな響きも、この人の性格體質を思はせて樂しい。恐らく定家とは逆のスポーツマン・タイプで、大器晩成型の好漢だつたらう。「十六夜日記」で令名の高い阿佛尼は彼の後妻、後の冷泉爲相ら三子を生む。歌も勿論彼女の方が優れてゐた。母の弟西園寺公經の竝びない權勢の餘映もあつて、位階も正二位、權大納言まで昇り、御子左家（みこひだりけ）の繁榮に貢獻した。ちなみに「三河」は近江坂本の湖岸の稱で萬葉にも歌はれた。

春の夜の雲のかよひぢ折りはへて月の雪ふむ天津乙女子

藤原光俊（ふぢはらのみつとし） 1203——1276

たれかきく飛火（とぶひ）がくれに妻こめて草踏みちらすさを鹿の聲

定家晩年の愛弟子（まなでし）光俊は三十四歳で出家したが、和歌の道ではいよいよその名をあらはし、續古今集撰者の一人にも推された。殊に彼を愛したのは第六代鎌倉將軍となつた後嵯峨帝皇子宗尊（むねたか）親王であつた。親王自身もすこぶる和歌に堪能、從つて定家の息爲家よりも、光俊の歌風こそ、詩歌のまことの花であることを夙（と）くに見拔いてゐたのであらう。當然のことで、彼の家集「閑放集」を見ると、ふと六家集を聯想するくらゐ自由瑰麗（くわいれい）だ。

「飛火」は烽火（のろし）のことで、同時に烽火臺を設けた飛火野を考へてよからう。妻戀ふ鹿の歌は數限りないが、このやうに高らかに鋭く、アレグロ調で歌ひ放つた例は少い。初句の「たれかきく」と第四句の「草踏みちらす」が精彩を添へた。鹿が命を得て奔つてゐる。

垣にほすはなだの帯と見ゆるまで露にむすべるあさがほの花

「朝顔」は上代では桔梗を指すとの説があり、中世では槿の字を用ゐて「むくげ」を言ふと注し、今日見る旋花科(ひるがほ)の朝顔はほとんど見えなかつたが、縹色の帯と見紛ふこの歌の花は、間違ひなくあの漏斗狀の蔓草の朝顔だ。

文永三年僧正良基の討幕計畫露顯、宗尊親王はこれに心ならずも連座して京都へ還され、光俊もこれに殉じて宮廷から姿を消す。ライヴァル爲家の壓迫も激しかつたのだらう。その爲家が他界して、返り咲いたのが建治元年五月七十三歲、だが彼も續いて翌年鬼籍に入つた。

他阿(たあ) 1237——1319

花の色も月の光もおぼろにて里は梅津の春のあけぼの

古歌に「花」とあればすなはち櫻、それも吉野と解するのが常識とされてをり、他の場合はその花名を明らかにするといふならひがあるやうだが、早春の「梅」も多くは「花」とよまれる。ただその場合、一首の中に睦月(むつき)とか鶯とか春雪とか香とか、何か手がかりになる言葉があらうし、百首歌や敕撰集なら部立と題と前後の歌でおのづから判るやうになつてゐる。この歌は「梅津」が花の名をも兼ねる。桂川の左岸の、官幣中社梅宮神社のあるあたりで、京都市右京區梅津町と町名も殘る。平家物語にあらはれる他は歌によまれた例もほとんどないが、ここでは一種の「歌枕」として使はれた。地名の見事な活用の一例だ。歌の世界は「新古今集」春の

「大空は梅のにほひに霞みつつくもりも果てぬ春の夜の月・定家」の夜を明方に變へただけだが、梅津の里とすることによつて繪卷物の景色のやうな具體性が生れた。他阿は源氏の出で嘉禎三年に生れた。一遍上人の後を繼いで時宗(じしゅう)第二祖となり、大和當麻(たいま)の金光院に道場を開く。八十三年の生涯にものした歌の中、千五百首近くが今日傳はる。歌風は京極・冷泉に學んで、しかも佛家獨特の自在さを加味したユニークなものだ。戀歌にも傑作がある。

睦言(むつごと)に時をうつしてきぬぎぬをかさねぬ床(とこ)に明くるしののめ

佛國國師(ぶっこくこくし) 1241 ― 1316

わが戀は狩場の雉子(きじ)の草がくれあらはれて鳴く時もなければ

雉子狩りは春の行事であつた。王朝の歌では、たとへば「六百番歌合」の春の「雉子」のやうに「雉子(きぎす)鳴く交野(かたの)の原の」とか「武藏野に雉子も妻や」と歌枕をふまへたものや「燒野の雉子」すなはち子を思ふ親心のたとへを引いたものが多い。この鳥は主として灌木(くわんぼく)林や草原に棲(す)む。頭を木木の下草や茂みにすつぽりと隱すが、尻尾はそのまま、ちよろちよろと走り回る。「雉子の草隱れ」とは頭隱して尻隱さずの意だ。佛國の戀歌には、そのおもむきもにほはせてある。いはゆる片思ひの苦しい戀で、結ばれるどころか、人に知られて泣くことさへまづ起り得ないだらうと言ふ。祕密に祕密にと人目を忍びながら、彼は時時輕率に、思はぬところで尻尾を出し、一部の人のうはさになつてゐたのかも知れない。さすが僧侶の創作戀歌だけに、ほのかなユーモアがただよひ、思はず微笑を誘はれる。

佛國國師は後嵯峨帝の皇子として仁治二年に生れ、十六歳で出家した。那須雲巖寺の開祖であり、また夢窓國師の師として知られてゐる。「狩場の雉子」はしよせん逃れられぬ命の瀬戸際をも意味する。殘された歌は二十九首、その中にただ一首の戀歌がこれである。七十六歳で入寂、鎌倉にあつて冷泉爲相とも親しかつた。

亡き人の日數も今日は百千鳥鳴くは涙か花のしたつゆ
夜もすがら心の行方たづぬればきのふの空に飛ぶ鳥の跡

飛鳥井雅有（あすかゐまさあり） 1241――1301

忘れずよそのかみ山の山藍（やまあゐ）の袖にみだれしあけぼのの雪

賀茂の臨時の祭に、作者はその昔舞樂の舞人に選ばれて出たことがあつた。その日はからずも雪が降り出し、社を森を、儀式に列する人人をほの白く彩つた。それを思ひ出しての一首である。雪は作者の舞衣の袖に亂れ降る。山藍を摺（す）りつけて染めた青の衣裳は、かすりのやうな白いまだら模様になつたらう。祭の始まる前、まだうす暗い社殿に控へてゐる演奏者たちの横顔が浮んで來る。この歌は新古今に見える式子内親王の「ほととぎすそのかみ山の旅枕ほのかたらひし空ぞ忘れぬ」を本歌としてゐる。「その『かみ』」は昔と神（かみ）とをかけてをり、神山は上賀茂神社の北にある。本歌の結句を初句に借りて、強く歌ひ始めるところもなかなかの腕で、色彩的にも藍と純白の對比がいさぎよい。雅有は歌と蹴鞠の名門飛鳥井家に生れた。新古今撰者の一人でかずかずの秀作を殘す雅經は祖父にあたる。母は北條實時の娘、祖母は大江廣元の娘と、鎌倉幕府にはいたつて縁が深く、京、鎌倉をたびたび往來してゐる。鞠の方も家の名を恥づかしめぬ名人であつたが、歌も亦定家の血をうけた二條家、京極家と交つて活躍し、その上「源氏物語」の研究家としても忘れられない。家集「隣女和歌集」は二千六百餘首を收める。

浦風の吹上のまさごかたよりに鳴く音（ね）みだるるさ夜千鳥かな

人はいさ思ひもいでじわれのみやあくがれし夜の月を戀ふらむ

亀山院（かめやまゐん）　1249——1305

夜はの月見ざらましかば絶えはてしその面影もまたはあらじを

月の題で十首の歌を作り、中の五つが戀、これは月にちなんだ「絶ゆる戀」である。月に戀人の面影を見る趣向はずいぶん古いもので一向に珍しくはないが、この歌は、深夜、久しくおとづれもなかつた愛人の顔を、照る月の面に見てなつかしんだといふやうな、單純な表現をせず、夜半の月は見たくないものだ、見さへせねば、とだえてしまつたあの人の面影をもう一度見ることもあるまい、なまじ思ひ出すから辛いのだと、否定を重ねることによつて、忘れがたさを更に強調してゐるところが見どころだ。十三世紀も末になると、新古今の流れの末の末は、言葉の上でも、心ばへの上でも、もう新味は薄れてしまひ、細部の技巧や、目のつけどころの

變化を樂しむ他はない。この歌と共に、月にちなんだ「忍ぶる戀」は、

　　曇りなくて忍びはつべき契りかは空おそろしき月の光に

これも「面影」におとらぬ複雜な心理を浮き彫りにする。龜山院は第九十代。十一歳で卽位、二十六歳で院政をとる。あの蒙古襲來、文永・弘安の役は帝在位の時の大事件であつた。佛敎に歸依すること深く、南禪寺を創建したことは有名だ。御製、傳はるもの三百二十餘首、その中百首以上が以後の敕撰集に入つてゐる。名手と言ふべきだらう。

西園寺實兼（さいをんじさねかね） 1249 ―― 1322

うなゐ兒（こ）が野飼の牛に吹く笛のこころすごきは夕暮の空

牛飼ひの子が放牧の牛の群れを追ひながら笛を吹く。ころは夕暮、牛舎へ導いて行くのだらう。あたりは次第に暗くなり、草葉が風になびく音にまじつて、子供の吹く單調な笛の音がひゆるひゆると心を通り抜ける。その寂しさはたとへやうもない。「うなゐ兒」とは髪をうなじのあたりで束ねた子供のことで男女の別はなく、むしろ「うなゐをとめ」などと使はれる場合の方が多いが、この歌は男兒だらう。西行の歌に「うなゐ子がすさみにならす麥笛のこゑにおどろく夏のひるぶし」「ふる畑のそばのたつ木にをる鳩の友よぶ聲のすごき夕暮」があることを私は思ひ出す。作者の念頭にも多分これらは去來してゐたことだらう。

實兼は十三世紀なかばに生れ、四十三で太政大臣に上つた。京極爲兼の庇護者であり、彼の邸ではしばしばこの派の歌人の歌會が催された。風雅、玉葉二つの集に名を止めた永福門院は實兼の娘鏱子であり、政治的には關東申次として權勢を振ふ一方、歌人としても京極派の最右翼の一人として活躍し、續拾遺以下に計二百首餘入撰してゐる。

見るままにあまぎる星ぞ浮き沈むあかつきやみのむら雲の空
軒近き岡べにたてるならかしはよその嵐ぞここにこたふる

これらの歌にも技巧派としての特長がよく出てゐる。

藤原爲子（ふぢはらのためこ）

花よただまだうす曇る空の色に梢かをれる雪の朝明（あさあけ）

風雅集の冬に「従二位爲子」の名でかかげられた彼女の秀作の一つである。「梢かをれる」は、梢がうるほひかすんでゐる樣子を言ふ。木の梢、枝枝に降つた雪が、あたかも花のやうに見えると、息を彈ませるかに歌ひ出す。作者のときめきが「花よただ」にもうかがへよう。爲子は定家の曾孫にあたり、玉葉集撰者京極爲兼の姉であつた。宮廷に入つて永福門院につかへ、二人のすぐれた女流歌人の主従は、日夜歌ひ、かつ唱和したことであらう。新古今時代の人物にたぐへるなら俊成卿女あたりだらうか。作風も華やかで玉葉集には六十首採られ殊に目ざましい。

ながめやる外山（とやま）の朝けこのままに霞めや明日も春を殘して

花の色はかくれぬほどにほのかなる霧の夕べの野べの遠方（をちかた）

風雅集にはまた掲出の歌や「梢より横切る花を吹き立てて山もとわたる春の夕風」「たのみありて待ちし夜までの戀しさよそれも昔の今の夕暮」等三十數首が入撰してゐる。これらの歌を見ると、俊成卿女から阿佛尼などを經て、次第に樣變りして行く御子左家（みこひだりけ）女流の作風が、今一度あざやかな色に咲き匂ふのを感じる。だがこのやうな女歌も、この十四世紀初頭の返咲きを最後として、後數世紀、ふたたび興ることはなかつた。

冷泉為相（れいぜいためすけ） 1263――1328

たなばたも菫つみてや天の河秋よりほかに一夜（ひとよ）寝ぬらむ

百首歌の春の部に「すみれ」の題でよんだ一首である。織女は初秋文月の七日に牽牛星と逢つて、天の河原で一夜をすごすのだが、春にはきつと菫を摘みに出て、また別の一夜を送るのだらうといふ。一人、ではなくて、春にも彦星と共に寝るであらうと言外に匂はせてゐるやうだ。もちろん、有名な、萬葉の山邊赤人の名歌「春の野に菫つみにとこしわれぞ野をなつかしみ一夜寝にける」にロマネスクな味つけを試みたもので、原歌ののどかな悠悠とした調べは無くなり、連歌的な思ひつきの面白さが表に出て來る。嫌ふ人も拍手する人もあらうが、ともかく、新古今集から約一世紀後の歌風の一面を雄辯に傳へるところ、鑑賞の價値は大いにあらう。

爲相は藤原定家の孫にあたり、冷泉家の始祖となつた。爲家と阿佛尼の間に生れた子で、母の、有名な訴訟事件の關係もあり、中年以後はほとんど鎌倉で暮す。家集を「藤谷(ふぢがやつ)和歌集」と呼ぶのもそのゆかりと傳へる。嘉暦三年六十六歳で他界。敕撰集には六十五首入集、玉葉集にはこの「すみれ」の一首前「春夜」の題の歌が採られた。祖父ゆづりの華やかな歌風だ。

花かをり月霞む夜の手枕(たまくら)にみじかき夢ぞなほわかれゆく
みだれゆく螢のかげや瀧波の水暗き夜の玉をなすらむ

伏見院（ふしみゐん） 1265 ―― 1317

星清き夜はのうす雪空晴れて吹きとほす風をこずゑにぞ聞く

一讀身の引きしまるやうな、冱え冱えとした、切味のするどい歌だ。玉葉和歌集の冬の部には、この歌と對照的な一首がある。

夕暮の雲飛びみだれ荒れて吹く嵐のうちに時雨（しぐれ）をぞ聞く

一方は靜、一方は動、共に耳を澄ますおもむきがうかがはれ、また言葉のたたみかけが、いづれも水際立つてをり、院のなみなみならぬ才能を思はせる。玉葉集は伏見院の一生をかけたアンソロジーであつた。一二九三年二十九歳の八月に思ひ立ち、さまざまの突發的事件や政變などのために度度中止を餘儀なくし、やつと完成を見たのは十九年後。院はすでに四十八、晩年に近かつた。永福門院は十八歳で當時二十四歳の伏見帝の後宮に入り、かたみに歌を競ひ合つた。玉葉のみづみづしい印象は、この二人の貴人のめざましい活躍によるところであらう。院の歌はこの集に九十三首、崩御三十二年後の風雅集には八十五首選ばれてゐる。

さ夜深き月は霞に沈みつつそこはかとなき世のあはれかな
すさまじきわが身は春もうとければいさ花鳥(はなとり)の時もわかれず

「春」の部に見えるこれらの歌など、單に新古今風や定家流のみにはとらはれない、一風變つた大膽な手法を見せてゐる。後鳥羽院以來の名手と言へよう。

永福門院（えいふくもんゐん） 1271――1342

月影は森の梢にかたぶきてうす雪しろし有明の庭

新古今時代の繪のやうにはなやかな歌は、次第に型にはまつた、退屈で生命力のない歌に變つて、十四世紀に入つて行く。藤原定家の子孫は當時保守派の二條家と革新派の京極家に分れて對立し、前者は南朝に支持され、後者は北朝に迎へられるといふ、政治色を帶びた和歌合戰を演じてゐた。いきほひ、歌そのものの美しさや高さは、どこかへおき忘られ、衰へる一方であつた世に、永福門院は、十二世紀末の式子内親王を思はせる清新な歌風で、時の人の注目するところとなつた。ここにかかげた歌も、冬の早朝の景色が、あたかも銀屛風に描いた墨繪さながら、底光りのするおもむきを示してゐる。その昔、定家は六百番歌合で、「一年（ひととせ）をながめつくせる朝戸出にうす雪こほるさびしさの果て」と歌つたが、永福門院はおそらく、このすさまじい一首も十分心の底において、「うす雪しろし」をよんだことだらう。彼女が四十二歳の春成つた玉葉(ぎよくえふ)和歌集には四十九首、死後七年目に成つた風雅(ふうが)和歌集には六十八首が選ばれた。

山もとの鳥の聲より明けそめて花もむらむら色ぞ見えゆく
風に聞き雲にながむる夕暮の秋のうれへぞたへずなりゆく

いづれも、こまやかな心理のあやを歌つてまことにたくみである。

惟宗光吉（これむねのみつよし） 1274―1352

明けぬれば色ぞわかるる山の端（は）の雲と花とのきぬぎぬの空

花ざかりの山と山にふれてたなびく雲とは、夜の間は一色に闇に沈む。だが夜明けともなれば、雲は雲の形をあらはしてしろじろと山をはなれ、花におほはれた山は淡紅にうるんで雲との別れを惜しむ。あたかも一夜を共にした男女のあくる朝のやうに。「きぬぎぬ」とはその朝二人が素肌に衣をまとふところから生れた、ゆかしく美しい言葉で、普通「後朝」と書く。この歌の場合去つて行く雲を男、殘される花を女に見立ててゐることは言ふまでもない。と同時にまた作者もこのやうな光景を眺めつつ、愛する人との名殘を惜しんでゐるととつてもよからう。惟宗家は代代醫家の名門、光吉は十三世紀末に生れ、後醍醐天皇の代に和漢の才をうたはれた文人である。續後拾遺集敕撰の折は五十代の始め、寄人に選ばれて、撰者御子左爲藤、爲定を助けた。宮中には醫者として仕へてゐる。

家集は三百餘首、中には種種ロマネスクな詞書を添へた歌が見えて興味深い。その一つ、玉葉集作者越後寺泊の遊女初若の死を悼む歌もある。

　きさらぎや初若草のけぶりこそ消えにし野べの霞なりけれ

どの歌もこの作者らしいゆたかな情緒があふれてゐて、この時代では抜群の味はひだ。

　人ぞ憂きかきなす琴のしらべだに松の風には通ふならひを
　いつしかとほのめかさばや初尾花袂に露のかかる思ひを

夢窓國師　1275 ― 1351

葛はうらみ尾花は招く夕暮をこころつよくも過ぐる秋かな

後醍醐天皇の再度の招きにより鎌倉から京の南禪寺に還つて來た夢窓疎石はやがて臨川寺に移り、天皇崩御の後その冥福を禱るため天龍寺を建立した。「夢窓」は帝から賜つた國師號である。名僧知識の教養程度に作り覺えた和歌ではあらうが、殘された詠草は當時の專門歌人にをさをさ劣らぬ佳品夥しく、讀書による蘊蓄が偲ばれる。

葛の葉は裏見せて翻り、薄は銀の穗をぬきんでて人をさし招く。その情趣たつぷり、未練哀惜の陰翳あまたの秋の黃昏を、秋風は情容赦もなく、一切振り切るやうに過ぎてしまふ。古來慣用されて來た七種擬人法を逆手に取り、秋風を主題に立てて、したたかに詠(よ)みすゑたところ、さすが大徳、宇多帝九世の末孫と感じ入る。

今見るは去年(こぞ)別れにし花やらむ咲きてまた散るゆゑぞ知られぬ
わが前(さき)に住みけむ人のさびしさを身に聞き添ふる軒の松風

風雅集以下に撰入の歌十數首を數へるが、いかにも僧侶らしい釋教歌などよりも、單なる偶成歌こそまこと自在を極め、しかもなほ「身に聞き添ふる」に見るごとく、周到微妙な修辭も見せる。御詠集の中には彼に歸依した足利尊氏を始めとする貴顯や、爲相(ためすけ)等の文人歌人との贈答もあまた見える。歴代の帝から次次と諡(おくりな)を授かり、「七朝帝師」と言はれ、その著に「夢中問答」「臨川家訓」「西山夜話」を數へる。正平六年入寂、七十七歳。

慈道親王（じだうしんわう） 1282——1341

明くる夜の尾の上に色のあらはれて霞にあまる花の横雲

山にも櫻は咲き滿ち、まるで淡紅の雲がたなびいたやうだ。その上に霞がかかるが、花をおほひつくせない。夜明、峯續きの稜線の高い所がまづ明るみ、夜は闇に沈んでゐた花の色が浮んで來る。そのひとときの夢に似た光景が歌はれてゐる。薄墨色にうるんだ山水畫の山の中腹から峯に淡紅を刷き、その上から一面に雲母（きらら）を散らした大作が目に浮ぶ。「霞にあまる」といふ第四句の秀句表現がこの歌の見せ所で、いかにも新古今の流れを汲んだ優雅な調べである。

慈道親王は龜山天皇の皇子、十三世紀末近く十代前半の年齢で出家し、三十三歳で青蓮院門主となり、同じ年天台座主（ざす）に任ぜられた。六十歳で世を去るまでの歌の中、二百首近くが今日傳はり、二十四首が敕撰集に採られてゐる。

からさきやこほるみぎはのほど見えて波の跡よりつもる白雪

思ひおくたねだに茂れこの宿のわが住み捨てむあとの夏草

いづれも、やはり第四句、「波の跡より」「わが住み捨てむ」に、はたと膝を打つやうな技巧が見え、これによつて陳腐なモチーフがよみがへつた。かういふ傾向は、もはや眞に歌ふべきものを失つた十四世紀和歌の特徴と言つてもよからう。

兼好（けんかう） 1283頃――1352頃

しるべせよ田上川（たなかみがは）の網代守（あじろもり）ひを經てわが身よる方もなし

網代は眞冬の景物で、それも宇治川一帯の歌枕の名物だつた。川の瀬瀬に細い竹編の籠のやうなものを竝べ、端に簀（す）をあてがつて魚を捕る。字の通り「網の代り」にするもので、捕る魚は「氷魚（ひを）」、すなはち鮎の稚魚で、琵琶湖やここに注ぐ川のものが極上とされてゐた。氷の張る川の面に月がさし、氷魚がきらめくといつた趣向の歌がそのかみはあまた作られたものだ。田上川は源が信樂（しがらき）の谷、流れ流れて瀬田川に合流し、ここも網代による氷魚漁で聞えてゐた。

兼好の歌は名所歌をよそほひながら、さだめない身の上をなげく「述懐」の歌である。田上川の網代守よ、案内に立つておくれ、私はどの道を通つてどこへ行けばよいものか、世を捨ててから日數も立ち、今は身を寄せる所もない。「ひを」は「日を」と「氷魚(ひを)」をかけ、田上川の網代守はそれを導き出す序詞の働きをしてゐる。「徒然草」で聞えた兼好の家集には二百八十餘首が自撰自筆で収(をさ)められ、さすが藤原爲世門の「和歌四天王」の一人とうたはれただけあつて、發想も技法も、彼(かれ)流(りう)に一ひねりしたものが多い。後宇多上皇に殊に愛され、側近の歌人の一人となつたが、院崩御と共に世をはかなんで四十一歳頃に出家、比叡山の横川(よかは)にこもる。後、東に遊學、京に戻つて晩年は仁和寺に近い雙(ならび)の岡(をか)に住み、七十路近くまでながらへた。

しるべなき沖つの濱に鳴くたづの聲をあはれと神はきかなむ
埋み火のあたりは春と思ふ夜の明くる久しきねやのうちかな

後二條院（ごにでうゐん） 1285――1308

吹く風に散りかひくもる冬の夜の月のかつらの花のしらゆき

傳説によると月の中には桂の木が生えてをり、その高さ五百丈といふ。もつともこの「桂」、木犀（もくせい）や肉桂などの香木の總稱で、私たちが普通に桂と呼んでゐる圓い葉の、紅色の花を開く、船材、建築用材になるあの木ではない。その桂は日本の特產で、傳説の生れたころの支那には無かつた。古歌には「月の桂」が實にしばしば登場する。京の桂川を月の中の川に見たてて、闇夜（やみよ）が無いから、鵜飼（うかひ）の時にはどうするのだらうといつた意味の、手のこんだ定家の歌もある。後二條院の歌は、降る雪を月の桂の落花に見立てた。香木とは言つても、もともと想像上の木だから、櫻さながら、雪と見紛（みまが）ふ花が咲いても一向にかまはない。「伊勢物語」に「さくら花散りかひくもれ」といふ和歌があるが、ここでは雪がこんこんと降り亂れて、あたりがうす暗くなるさまであらう。三句以下を全部「の」でつないでたたみかけたところ、作者の息づかひが聞えるやうだ。そしてほんのさつきまで寒月がきらめいてゐたかに感じられもする。

後二條院は後宇多天皇の第一皇子、十四世紀初頭十七歳で卽位、七年後に崩じた。二十三年の生涯に御製約三百、內約百首が後の敕撰集に採られた、夭折（えうせつ）の天才の一人である。

袖振るはほのかに見えてたなばたのかへる八十瀨（やそせ）の波ぞ明けゆく
人は來ず誘ふ風だに音絕えて心と庭にちるさくらかな

頓阿（とんあ） 1289 —— 1372

憂しや憂し花匂ふ枝に風かよひ散り來て人のことゝひはせず

この歌一首の中に何と「笙（しやう）・笛・篳篥（ひちりき）・琴・琵琶」と、五種の樂器の名がよみこんである。いはゆる「物名歌」であり、古代から言語遊戲の好きな歌人たちは好んで試みた。古今集では第十巻一巻をこの物の名よみこみのデモンストレーションにあててゐて、なかなかの壯觀だ。中でも紀乳母（きのめのと）の「笹・松・枇杷（びは）・芭蕉葉（ばせをば）」を一首にちりばめた「いささめに時待つ間にぞ日は經ぬる心ばせをば人に見えつつ」が名高い。この物名歌、いかにもよみこみましたといつた跡のあらはな、どこかに無理のあるのは二流三流で、それと敎へられてもしばらく信じられないほどすんなりと出來上つてゐなければ秀作とは言へない。

頓阿は十四世紀南北朝時代の歌僧、歌學書「井蛙抄」で特に名を知られてをり、新千載集や新拾遺集も、この人のかげの力があつてこそ完成したのだと言はれるほどの有力歌人であつた。家集を「草庵集」と名づけ、正續あはせて二千餘首、物名歌の他にも長歌、旋頭歌、廻文歌、俳諧、連歌等をおびただしく入集し、その縱横無盡のテクニシャン振りには、ほとほと恐れ入るほかはない。同時代の兼好らと共に二條爲世門の四天王に數へられたと傳へるが、技巧にかけては隨一だ。

逢はで來し夜はだに袖はつゆけきを別るる今朝の道の笹原
水鳥の下やすからぬ我が中にいつか玉藻の床を重ねむ

公順（こうじゅん）

鳴神（なるかみ）の音を殘して一むらの雲は過ぎぬるゆふだちの空

二條派系の歌人公順は、あの後鳥羽院の寵臣藤原秀能の曾孫にあたる。秀能の長子秀範は伯父の秀康、従兄弟の秀信と共に、承久の亂に討死。次子能茂は養子で幼名醫王丸、童の頃から養父同様後鳥羽院の寵を受け、亂後隱岐へも從ひ、崩御されるとみづから火葬して御骨を京に持ち歸つた。三男が秀茂、この人には同腹異腹の子女計八人あり、六男が東大寺の僧禪觀で高僧の譽高かつた人。その高僧に四人の子あり二男が公順であつた。禪觀の異母兄秀弘の長男も歌人で新後撰以後に名が見え、秀弘の孫秀經も風雅集以後入集の歌人。俵藤太秀郷の末孫、風流の歌人武者秀能の血筋には、かうして間歇的に言葉の華を飾る人物が現れるのだ。ゆかしい限りである。
雷鳴後の空を鈍色の雲が流れて行く。雨上りの、まだきなくさい天地は、次第に本然の相(すがた)に戻らうとしてゐる。その刻刻の中の一瞬を捉へて、確な一首に仕立てた。家集の名は「拾藻鈔」。心なしか曾祖父秀能の大らかな歌風に通ふものあり、彼も「如願法師集」は愛讀したらう。

別れぢにまた來む秋の空とだにせめては契れ春のかりがね

収める歌五百餘首、法印權大僧都にまで昇つた三井寺の僧ながら、必ずしも釋敎歌は多からず、歌會に出した戀歌などにも「さすがまた忘れ果てぬる情こそあらば逢ふよはなほ待たれける」等、情緒纏綿たるものが見える。歿年十四世紀半ば、享年も定かではない。

二條爲定（にでうためさだ） 1293——1360

知られじな入相（いりあひ）の鐘の聲のうちに忘られぬ身のよその夕暮

　複雑な戀の歌は二條家の先祖定家の得意とするところであつたが、中でも「六百番歌合」の「契戀（ちぎるこひ）」、「年も經ぬ祈る契りは初瀬山尾上の鐘のよその夕暮」は新古今にも採られ、後の世まで傳はる。爲定の歌がこれの本歌取りであることは言ふまでもない。定家の方は戀の成就を願つて初瀬の觀音に參籠し、その滿願の夜、つひにかなはなかつた戀に無限の恨みを述べてをり、その六世の子孫、二條家の嫡流爲定の方は、その本歌を受けて、その悲しい身の上も、いんいんと鳴りわたる鐘の音とともに、忘れられ、かつ消えてゆくだらうことを今一度歎き直す心だ。入相の鐘の鳴る頃は、男が愛する女のもとへ通ふ時刻であることが、二つの歌の前提となつてゐる。二條家の家風は、むしろ定家の歌の穩健、尋常な面を受けついだが、この歌など、陰影と屈折は本歌よりいちじるしく、巧妙な本歌取りの一例と言へよう。「ほととぎす」や千鳥を歌つても、

おのが音(ね)はたがためとてもやすらはず鳴きすててゆくほととぎすかな
鳴きてこそ浦傳ひけれさ夜千鳥思はぬ方やいづくなるらむ

いづれも心理的な深みをねらつてゐるのがよく判る。

世は足利尊氏全盛の十四世紀前半、彼は三十四歳で後醍醐帝の敕により、續後(しよくご)拾遺(しふゐ)集を、六十七歳の時後光嚴院の敕で新千載(しんせんざい)集を選んだ實力者であつた。

花園院（はなぞのゐん） 1297――1348

暮れもあへず今さしのぼる山の端（は）の月のこなたの松の一本（ひともと）

名勅撰集として聞えた風雅集は花園法皇五十三歳の時、光嚴院と二人で、監修と撰歌を分擔して世に出た。前後約五年の歳月を費したが、その勞に價する珠玉の詞華集である。花園・光嚴兩院は歌の上手としてかたみに賴むところあり、心もこまやかに通つてゐたのであらう。その御集さへ、「花園院御集」には光嚴院御製が數多混入してゐる。「松の一本」は風雅集秋に見える。秋月は春の花と共に、否それ以上に、和歌の最高の主題であり、二十一代集に見えるものだけでも數百首に上らう。自然同趣向、類似手法で、讀むものも最早食傷氣味となり、よほどの作でもつい見過し勝となる。當然のことだ。

だが花園院の秋月は、退屈した鑑賞者を立止らせる。近景に一つ松。この墨色鮮やかに、筆勢凜乎と描かれた松によつて、遠景の鬱金の望月はいよよ玲瓏と冱えわたる。繪になる歌と言はうか、否繪にはあるが、歌には珍しかつた構圖と言ふべきか。この一首だけでも花園院の抜群の歌才は偲ばれよう。初句の六音のたゆたひ、第四、五の快調な疊みかけ、よく考へられた修辭だ。

花鳥(はなとり)の春におくるるなぐさめにまづ待ちすさぶ山ほととぎす

伏見院、永福門院、爲子、光嚴院等の名手に混つて、花園院の作は端麗豪華、その諡(おくりな)にふさはしい調べである。師は京極爲兼、漢學、佛教についても權威の一人、後醍醐天皇に位を讓つたのは二十二歳の年であつた。

宗良親王（むねながしんわう） 1311――?

かたしきの十符（とふ）の菅薦（すがごも）さえわびて霜こそむすべ夢はむすばず

「とふのすがごも」は東北の名産の、編目の十筋ある菅（すげ）の莚、この歌の場合は旅寝の衾（ふすま）としたものだ。嚴しい夜寒に、敷いて寢る莚に霜が降り、夢を見るなどといふやすらぎは更にない。上句は枕詞（まくらことば）的序詞（じょし）による雰圍氣描寫、下句の斷言の強いひびきが、かへつてもの悲しく胸を刺す。昔、新古今歌人、後京極良經は「嵐吹く空にみだるる雪の夜に氷ぞむすぶ夢はむすばず」と、これはまた更に更にすさまじい心の風景を歌つた。一世紀餘を隔ててまさに相呼ぶ調べではある。宗良親王は後醍醐天皇の皇子、母は爲世の娘爲子、一三三一年元弘の亂が起ると二十一歳の彼は、護良（もりなが）親王と共に笠置に戰つたが、敗れて讃岐に流される。間もなく京に歸り、南・

北朝對立激化と共に、南朝の中心となつて各地に奮戰し、若き武將としての名を止める。歌人としての榮光はこれを凌ぎ、晩年には南朝歌人を中心とした私撰、準敕撰詞華集「新葉集」を編む。また家集はその名もやさしい「李花和歌集」は掲出の歌を含む、

　を初瀬の鐘のひびきぞきこゆなる伏見の夢のさむる枕に
　郭公いつの五月のいつの日か都に聞きしかぎりなりけむ

等九百十一首、新古今を思はせるばかりに技巧的な歌が所所に見られる。母方のゆかりで二條爲世を師とし、その流を汲む屈指の詠手だ。

光嚴院（くわうごんゐん） 1313——1364

うつりにほふ雪の梢の朝日影今こそ花の春はおぼゆれ

光嚴院御製は一説に二百四十九首と傳へるが、私たちが目にするのは普通百六十五首である。さすが新古今以後の屈指の名敕撰集「風雅和歌集」の撰者だけあつて、佳品ぞろひの御集であるが、四季、戀、雜等に部立（ぶだて）したその集の中の四十五首を「冬」が占めてゐるのは、他に例を見ない特徴だ。名の「光嚴」の語感を反映するやうな、雪と氷の嚴冬酷寒の歌が、ずらりと竝んでゐるのはなかなかの眺めであり、帝の鋭い感受性と洗練された技法は、祖父伏見院譲りのものだ。この歌は、梢の雪を花と見まがふ例の誇張した表現、と言つてしまへば身も蓋もない。光嚴院にとつては、白銀にきらめく樹樹の梢こそ、春たけなはの櫻よりはるかに美しく、あるいは美中の美ではなかつたらうか。春のさかりにではなく、「今こそ花の春はおぼゆれ」と聲高く告げるその心ばへは、竝竝のものではない。風雅集は二千二百餘首、一三四八年、すなはち玉葉集の三十五年後に成つた。京極派の優美清新な歌を多く含み、序文にもかなり嚴しく二條家歌風を批判してゐる。光嚴帝の在位はわづか一年そこそこ、後はしばしば歌合を催し、宮廷歌壇のよき指導者として五十一年の生涯を終つた。

星きよきこずゑの嵐雲晴れて軒のみ白き薄雪の夜半（よは）
雲こほるこずゑの空の夕づく夜嵐にみがく影もさむけし

後崇光院（ごすくわうゐん） 1372——1456

いづかたにしをれまさると有明に袖の別れの露をとはばや

「別るる戀」といふ題で作つた戀の歌、「しをれ」るとは、草木の萎（な）えしぼむことから、悲しみにうち沈むことを意味する。別れる二人の袖（そで）は濡（ぬ）れる。「露」とは別れの刻、すなはち早朝の天から降る露であると同時に、きぬぎぬの涙の玉であつた。新古今の戀五の巻頭には世に知られた定家の「風に寄する戀」の一首が見える。「白妙の袖の別れに露落ちて身にしむ色の秋風ぞ吹く」は彼の數ある戀の秀歌の中でも白眉（はくび）の一つだが、これは萬葉の「白妙の袖の別れは惜しけども思ひみだれてゆるしつるかも」を寫した。掲出の歌は本歌取りとは言へないが、定家の歌を更に微妙に一ひねりして、別離の心を鋭く表現してゐる。

後崇光院は北朝崇光院の孫にあたり、五十七歳の時第一子が即位（後花園天皇）したので、太上天皇となり八十五歳で崩じた。詩文の才抜群で「看聞御記」「椿葉記」等があり、家集「沙玉和歌集」はこの時代の教養人らしい品格と、閑雅な味はひが感じられる。應永二十二年四十四歳の春の終りの歌、

霞めたただおぼろ月夜の別れだにおし明方の春のなごりに
ねにかへる名殘を見せて木のもとに花の香うすき春のくれがた

翌年春の歌合に詠んだ「秋戀」、

身を秋の契りかれゆく道芝にわけこし露ぞ袖に殘れる

いづれも掲出の戀歌同様、美しい調べだ。管絃についても造詣深く、殊に琵琶の名手であつたと傳へる。

清巖正徹(せいがんしやうてつ) 1381――1459

樗(あふち)咲く雲の一むら消えしより紫野行く風ぞ色濃き

さみだれの晴れ間などに、みづみづしい紫の小花のむらがり咲く樗、すなはち今日の梅檀(せんだん)の木、その花盛りの空に浮んでゐた一群の雲が見えなくなつて、彼方紫野を吹く風も、何か光が加はり、色めいて來たと、さう言ひ直してみても、この歌の味は傳はるまい。梅檀の花と空の雲とは共に紫に霞んでゐるが、歌では色が隱され、逆に紫野に紫の色はない。從つて吹く風に濃淡もない。ところが歌の世界に誘ひこまれると、そこには梅檀の花と空、紫野と風が微妙に交錯して、初夏の眞晝の、夢とうつつの境をさまよふやうな氣持になる。實に精妙に作り上げた歌だ。

その歌學書「徹書記物語」の冒頭には、「定家の惡口を言ふ奴らは神佛にも見放され罰を受ける」といふ意味の有名な一節がある。當時の二條、冷泉家あたりの平板で新味のない歌風をきらひ、ひたすら定家の求めた美學に殉じようとした彼の、熱烈な志がここにありありと見える。歌は上手だが、風格に缺けるとして、正徹五十九歳の時成つた最後の敕撰集、新續古今（しんしょくこきん）集に、撰者飛鳥井（あすかゐ）雅世は彼の歌を一首も採らなかつた。だが家集「草根集」には、當時の有名歌人達を顔色なからしめる新鮮な秀作がひしめいてをり、今日ではすこぶる高く評價されてゐる。

　さくら花散りかひ隱す高嶺（たかね）より嵐をこえていづる月かげ
　晴れ曇るみ山あらしに雪あられ間なく時なき玉笹のうへ

心敬（しんけい） 1406 —— 1475

宿は荒れぬうはの空にて影絶えし月のみ殘る夕顏の露

六十を過ぎてから關東に下つた心敬は、應仁の亂で修羅（しゆら）の巷（ちまた）となつた京には歸らず、相模の大山の麓（ふもと）に隱れ住んだ。名高い連歌師であると同時に、正徹を師とする聞えた歌人の一人であつた。この歌は「源氏物語」の「夕顏」の巻にある「山の端の心も知らで行く月は上の空にて影や絶えなむ」を本歌としたやうだ。「上の空」は文字通りの空の上の方をさす言葉だが、後には他のことに心をうばはれて、おちつかぬことも意味するやうになつた。夕顏の花におく露が、天心で雲に隱れたはずの月を映してゐる。そして、その夕顏の花が垣（かき）や軒にからむばかりで、すみかは昔のおもかげも止めぬまでに荒れ果てた。「いくとせふるさと來てみれば、咲く花鳴く鳥そよぐ風」の「故郷の廢家」を、夏のながめに變へて思ひ浮べればよからう。「宿は荒れぬ」といふ六音の重い初句が、愁ひに滿ちた心をよく傳へてゐる。心敬の連歌、

　夢うつつともわかぬあけぼの
　月に散る花はこの世のものならで

ここでは、實景と心の中にゐがく景色の、あやふく微妙なつながりに注意すべきだ。連歌論集「ささめごと」は殊に有名であり、連歌集「心玉集」も秀れた疎句（そく）に富んでゐるが、家集もこれらに劣らず、ゆかしい調べを持つ。

　辛崎や夕波千鳥ひとつ立つ洲崎の松も友なしにして

飛鳥井雅親（あすかゐまさちか） 1416——1490

うちいづる中の思ひか石（いし）ばしる瀧つ波間にしげき螢（ほたる）は

螢は普通澤や川邊の草の上を飛ぶさまが歌はれるものだが、この歌はめづらしく谷川の岩の上を走り、瀧となつてしぶきを上げる流れに、無數に散りまがふところだ。そしてこの螢も、あるいは自分の胸からほとばしり出る思ひの火であらうかと作者は言ふ。反射的に和泉式部の「もの思へば澤の螢もわが身よりあくがれ出づる魂（たま）かとぞ見る」を思ひ出す。一種の本歌取りとも言へようが、この歌はさすがに十五世紀末歌壇の第一人者だけに、實に雄雄しくダイナミックな味がある。「うちいづる」はもともと氷の間から流れ出る早春の谷水を歌ふ時の用語だが、この場合はおさへかねた胸のたぎち、戀心があふれ出ると考へてよからう。三十代初期の七月

「瀧邊の螢」の題で作つたものだ。今一首も參考に擧げておかう。「ふかき思ひに」が實に巧だ。

暮れわたる池の水かげ見えそめて螢もふかき思ひにぞ飛ぶ

五十歳で敕撰集を編むやうに命ぜられるが、應仁の亂で邸宅が全燒し、沙汰止みとなつてしまつた。家集を「亞槐集」と呼び、正續あはせて二千首に近く、飛鳥井家の始祖、新古今歌人雅經や父雅世の詠風を傳へて更に技巧的だ。

木をめぐりねぐらにさわぐ夕烏涼しき方の枝や爭ふ
しるべとや越（こし）の白根に向ふらむ霞めど雁の行末の空

家集「亞槐集」のこれらいづれにしても、この時代の歌としてはまことに理知的であり、しかも新しい。

後花園天皇（ごはなぞのてんわう） 1419――1470

今朝よりは袂も薄くたちかへて花の香（か）遠き夏ごろもかな

二十一代集最後の新續古今集を、飛鳥井雅世に命じて編纂（へんさん）させたのは、後花園帝二十一歳の時であつた。世阿彌（ぜあみ）が歿したのはその四年後、世はやうやく連歌流行の兆を見せ、和歌の道は杜絶（とぜつ）しようとしてゐた。もつとも帝は續いて足利義政の執奏により、雅親撰進の二十二代集を企てたが、折しも應仁の亂勃發、世に戰爭を阻（はば）み得る藝術はなく、あへなく流れてしまつた。しかし半世紀の後新撰菟玖波（つくば）集は世に出てゐる。時節氣運は和歌衰微に向つてゐたのだ。後花園帝の歌は名手後崇光院第一皇子の名にふさはしく優雅清新である。四月朔日（ついたち）の更衣の歌は世に夥しいが、「薄くたちかへ」「花の香遠き」の微妙な陰翳は獨特の味はひを持つてゐる。

袖濡らすほどだにもなしあさがほの花をかごとのあけぼのの露
恨みじなおのが心の天つ雁よそに都の春のわかれも

本朝掉尾の敕撰集が再び新古今集の爛熟の香を、ひそかに傳へることの當然と奇縁を思ふ。後花園帝の逸話として名高いのは將軍義政に奢侈諷諫の七言絶句を贈つたことだ。「殘民爭つて首陽の薇を採る／處處廬を閉ぢ竹扉を鎖す／詩興は吟酸なり春二月／滿城の紅綠誰が爲に肥ゆる」。さすがの義政もその後やや反省の色はあつたが、夫人富子は豪邸を飾ることを止めなかつたと傳へる。帝の漢學の師は淸原業忠であつた。崩御五十二歳。

飯尾宗祇（いひをそうぎ） 1421──1502

暑き日の影よわる山に蟬ぞ鳴くこころの秋ややがて苦しき

二條良基撰「菟玖波集（つくば）」によつて連歌道は確立し、宗祇撰「新撰菟玖波集」はアンソロジーとして世に出、これぞ純正連歌の典型と仰がれる。彼自身、言ふまでもなくこの時代最高の連歌師であつたが、もともと連歌なる詩、歌才なくては生れるものではない。彼の和歌はまた連歌にいささかも劣らず、家集に殘る作三百首ばかりだが、いづれも上句下句の映り合ひに微妙な配慮が見られ、佳作ぞろひだ。蟬の歌も下句の「こころの秋ややがて苦しき」に、一般の四季歌には見られぬ思想的な深さが見える。それを難とする人もゐるだらう。「心の秋」は古今集以來のすぐれた歌語だが、宗祇の歌はまた別の味はひを持つ。有名な「水無瀬三吟（みなせ）」は六十八歳の時、肖柏、宗長をまじへて試みた百韻連歌、第一句が宗祇の「雪ながら山本かすむ夕べかな」で、後鳥羽院の名作「夕べは秋と何思ひけむ」を寫した。

　さざれ石の思ひは見えぬ中河におのれうち出でてゆく螢かな
　おもひすてぬ草の宿りのはかなさもうき身に似たる夕雲雀かな
　小笹原拾はば袖にはかなさも忘るばかりの玉霰かな

「河螢」「夕雲雀」「霰」の題で作られたこれらの歌も、連歌師としての技巧の生きた例であらう。

太田道灌（おほただうくわん） 1432 —— 1486

啼き連れて聲より聲もますらをの心にかへる夜半（よは）のかりがね

江戸城や川越城、岩槻城等を築いた武人太田道灌源持資は、一方和歌を飛鳥井雅世に學んだ出色の歌人で、家集「慕景集」を殘してゐる。この歸雁（きがん）の歌など、いかにも武者歌人らしく、線の太い、さはやかな調べであり、集中の白眉（はくび）と言ってよい。一羽二羽、五羽十羽と雁の列は大きくなるにつれて、その聲も次第ににぎはしく、北の國さして夜空を飛び去つて行く。「聲も增す」と「ますらを」をかけ「ますらをの心」「心にかへる」とたたみかけて歌ひ進めるところ、堂堂たるものがある。その大らかで雄雄しい持味は、十二世紀の、同じ源家の武士、賴政の歌と通ふところがある。「慕景集」には、

一聲の夢をも洩らせ東路（あづまぢ）の關のあなたの山ほととぎす
跡つけて雪にとへかし天地（あめつち）に先だつ春の宿と思はむ

すがすがしく優しい夏や冬の歌、別に道歌として知られた「急がずば濡れざらましを旅人のあとよりはるる野路のむらさめ」が見える。狩りの歸途夕立にあつて村娘に雨具を借りようとするエピソードは多分創作だらうが、この時娘が口ずさんだ歌「七重八重花は咲けども山吹の」云云は、後拾遺集の雜に延喜の皇子兼明（かねあきら）親王の作として入つてゐる。江戸城内に文庫を設け戰爭の間も讀書をしたと傳へるが、無殘にも五十五歳でその主人、上杉定正に謀殺された。

後土御門院（ごつちみかどゐん） 1442――1500

咲く百合の花かあらぬか草の末にすがる螢のともし火のかげ

夏草の茂み、夕暮迫るころ、その下葉のあたりがほのかに白い。あれは百合の花であらうか、さう一瞬思ふくらゐ螢火は明るくともる。いささかオーヴァーな見立てだが、それだけに悠悠としてゐて樂しい。螢と言へばすぐ苦しい戀の思ひや、孤獨なたましひのシンボルとするのが、古歌の常道であつただけに、かういふ繪畫的でさつぱりした作品に出會ふとかへつてすがすがしい。後土御門院の御集の名は「紅塵灰集（こうぢんくわいしふ）」と言ふ。俗世間に立つ塵や埃の意であるが、その數七百數十首、百首歌の題も四季、戀それぞれに趣向がつくされてゐる。

月のもる心づくしも嵐吹く木の間あらはに紅葉散る夜は　月前落葉
わけきてもいかがとはましその名をも忘るる草の露のやどりは
名を忘れて尋ねがたき戀
瀬を早みくだす筏のいたづらに過ぎ行く暮の袖にしほるる　寄筏戀

いづれも才氣溢れる大らかな歌風である。崩御は十五世紀の最後の年、それまで三十七年間の在位の歳月は應仁・文明の亂で明け暮れた。「紅塵灰集」にもれた御製もおびただしく、一代の御作千三百四十七首と言はれ、今日までの百二十四代にわたる天皇の中でも、多作十人の中に入る。八代將軍義政もなかなかの才あり、帝より六歳年長、生涯良き歌の友であつた。亂世だけになほゆかしい思ひがする。

牡丹花肖柏（ぼたんくわせうはく） 1443――1527

やどり來し野原の小萩露おきてうつろひゆかむ花の心よ

住吉神社へ奉納の百首歌の「秋二十首」の中に、このあやしく美しい一首がある。宗祇の弟子で連歌に抜群の才を示した肖柏は、四季折折のながめに、自分の心の世界を寫す時、殊に印象的である。この歌の命も、言ふまでもなく結句「花の心よ」にあり、かういふ表現は新古今時代にもまれだつた。新しい大膽な感じ方は當時の人にもてはやされたらうし、今日なほ古びてゐない。旅の一夜野に宿つたが、その身に近く咲いてゐた愛らしい萩の花よ、あの花にも冷たい露がふり、あのやさしい花も散つたことだらう。花に心があるなら、その心も、もはや變つたことだらうと、散文に言ひ變へればもうこの歌の、さりげない悲しみは消えてしまふ。

一夜情を交したゆきずりの佳人をも聯想させるが、さう取らぬ方がより心ゆかしい。肖柏の家集は「春夢草」と呼び、佳作、秀逸二千餘首を收める。

かぎりなき袖のなみだもあやしきはうきよの上の秋の夕暮
狩衣雪は打ち散る夕暮の鳥立の原を思ひすてめや
身をしをる嵐よ露よ世のうきに思ひけちても秋の夕暮

これらいづれも師の宗祇にも見られぬ複雑な言葉のあやの照りかげりを見せる。應仁の亂のころ攝津池田に住んで京との間を往來し、後、堺に移つて師の古今傳授を門人達に傳へた。和歌注釋書、隨筆等多くの著が殘つてゐる。

後柏原院(ごかしはばらゐん) 1464——1526

知らざりきはなだの帶のすゑつひにからき思ひに移る心は

御製集は「柏玉(はくぎよく)和歌集」、今日傳はる歌二千四百餘、一代の作三千七百首弱と傳へ、歴代中第二位の多數を誇る。ちなみに百二十三代までの最高は六千四百首と言はれる靈元天皇である。「はなだの帶」をくちずさんでゐると「閑吟集」切っての名歌「薄の契りやはなだの帶のただ片結び」が、ほのぼのと浮んで來る。閑吟集の成立は一五一八（永正十五）年、後柏原院の崩御は一五二六（大永六）年、多才の帝ゆゑ、おそらくこの有名な歌謠集も、座右の書の一つであつたらう。はなだは「縹」、露草の花の汁で染めた青系統の色名で「花色」は別名、もともと直射日光に弱く、さめやすい色相で、たちまち變る人の心、うつろひやすい命の形容に、古歌でも盛んに用ゐられて來た。最後に置くべき「知らざりき」を初句に持つて來て「心は」で一首を終るこの構成も、一首の姿を不安にし鋭く見せて效果的だ。冷泉政爲の「碧玉集」、三條西實隆の「雪玉集」をあはせて「三玉集」と呼び、十六世紀和歌再隆盛期を作つた。

われのみのゆふべになして天地(あめつち)も知らずとやいはむ秋の心は
いとせめてゆふべよ如何(いか)に秋の風立つ白波のからき思ひは
おほかたの春の色香を思ひ寝の夢路は淺し梅の下風

その豐かな情趣と格調、父帝後土御門をしのぐ感がある。

足利義尚　1465――1489

夕顔の露の契りや小車のとこなつかしき形見なりけむ

「夏車」の題で作られた歌で、「源氏物語」の本歌取りではないが、「夕顔の露の契り」あたりに、それとなく戀のおもむきも感じられる。源氏がはじめて夕顔を見たのは六條御息所を訪問の途中であつた。半蔀の網代車に乗つてゐたと思はれる。夏は外からの風が車の中にも吹き入るやうに、車のシェードが半分つりあげてある。夕顔の花咲く家にその女は住んでゐた。二人は八月十五日の夜に逢つた。そしてその翌日十六日の宵、夕顔は急死する。「夕顔の露の契り」には、この物語の女をしのばせてゐる。夕顔は十九、源氏は十七の、夏から秋への悲しいエピソードであつた。「とこなつかしき」の「とこ」は、車の「床」であると同時に、永久を意味する「常(とこ)」にもかけてある。だが露のやうにはかなかつたのは夕顔だけではない。作者九代將軍義尚はわづか二十五歳で、それも近江の陣中で病死する。父は八代將軍義政、母は日野富子、應仁の亂の直接の原因を作る運命の子であつた。和歌をかぎりなく愛し、また陣中でも孝經の講義を聞くほどの好學の若者は、「常德院集」の戀歌にも、

憂(う)き人の心の秋のたもとより月と露とは恨みはててき
もれそめし露の行方をいかにとも袖にこたへば月や恨みむ

等、そぞろ夭折を豫感させるやうな悲しい調べを殘してゐる。彼の死と共に十五世紀末の幕府歌壇も幕を閉ぢた。

木下長嘯子（きのしたちやうせうし） 1569 —— 1649

誰か知るはじめも果ても吹きむすぶ月と風との秋の契りを

安土桃山から江戸時代初期にかけての詩人文人中、長嘯子は特異な存在である。家集「擧白集（きよはく）」は、自在、華麗な歌風を誇り、同時代の細川幽齋と好對照だ。主は天下人豐臣秀吉、彼は一說には秀吉の親族であつたとも傳へられる。若狭小濱の領主で關ケ原の合戰に加はつたが、いかなる理由でか戰の最中、突然伏見城の守備を放棄したため、その罪によつて所領一切を沒收されたといふ。眞僞のほどは別として、隨分變つた武將だ。時に三十二歲、戰國の世に背を向けて、京の東山や大原野に隱栖、文筆の道を志し、天晴新風を樹てる。月と風がかねてから秋に巡りあふ約束をし、大空で吹き結ばれる、この悠悠たる自然の攝理を誰か知らうと彼は歌ふ。

まさにコスミックとも言ふべき壮大な、雄雄しい歌である。
「擧白」とは盃を上げること。陶然とした春の歌にも秀逸が多い。

越えにけり世はあらましの末ならで人待つ山の花の白波
さてもなほ花にそむけぬ影なれやおのれ隠るる月のともしび
なべて世は花咲きぬらし山の端をうすくれなゐに出づる月影

いづれもさすがに骨格たくましくさはやかな調べだ。ほぼ一世紀前の異色歌人正徹の歌風を慕つただけに、技巧もしたたかである。キリシタンに歸依し洗禮名はペテロ、八十一歳の天壽を全うした。

下河邊長流（しもかうべちやうりう） 1624頃——1686

小山田に冬の夕日のさし柳枯れてみじかき影ぞ殘れる

「さし柳」は枝を切つて地に差し育てた柳を言ひ「夕日さし」と懸詞（かけことば）になつてゐる。彼の師は十七世紀初頭の天才的な武家歌人木下長嘯子、清新で自由な詠風をよく學んでゐるが、その個性は、はるかに地味で禁慾的だ。この一首も季節は冬、場所は山田のあぜみち。落葉した柳が立ち、そこに乏しい夕日がさし、引く影もみじかいといふ。いかにもさむざむとした風景だ。冬と言へば必ず寒夜の月とか浮き寝の水鳥、松上の雪ときまりきつた題を飽きもせずに歌つたものだが、長流の世界はさういふ既成の型からはみ出し、彼の鋭い目でとらへたリアリティーがある。響きは高くないが人の心を打つ。片桐氏、三條西氏と幾度か主人を變へたが、つひに仕へる身にはなり切れず、難波に住みついて一生獨身で終る。その家集の名も「晩花和歌集」と呼び、長嘯子の「擧白集」とは對照的だ。和歌もさることながら、彼が生涯をかけたのは萬葉の研究であつた。中世にもたとへば六條家の歌學者顯昭の勞作もあるが、長流は獨自の、創見に富んだ言語學研究を推し進めた。その篤學はむしろ凄じく、たとへば「萬葉集」「古今集」「伊勢物語」等は一言一句あやまたず諳記してゐたといふ。水戸光圀に求められて草した「萬葉集管見」はつひに未完のまま、六十三歳頃、還暦まもなくに世を去る。契沖の「萬葉代匠記」はその志を繼ぐ名著となつた。生前の著は他に「百人一首三奧抄」「枕詞燭明抄」等がある。

賀茂眞淵（かものまぶち） 1697――1769

しなのなる菅の荒野を飛ぶ鷲のつばさもたわに吹く嵐かな

「賀茂翁家集」の雑に見えるこの一首、眞淵の萬葉振りを代表して、獨自の風格とヴォリュームがある。萬葉集東歌の「信濃なる須賀の荒野にほととぎす鳴く聲きけば時すぎにけり」の「ほととぎす」を「鷲」に轉じ、新緑の季節を眞冬に變へただけではない。すさまじい北風に向かつて飛ぶ鷲の羽の、みしみしと音を立てて撓（たわ）む様を、力一杯現さうとした。現代ならもつと速度のあるリズムで歌ふだらうが、かういふゆつたりした調べも捨てがたい。眞淵は江戸時代中期の代表的な國學者で、殊に萬葉研究の數數の名著は、契沖以來の萬葉主義の國學の一つの絶頂を示し、古道説とあひまつて思想體系を形づくつた。本居宣長は學を繼ぎ、加藤千蔭や村田春海は歌文の粹を傳へる。萬葉から記紀歌謠までさかのぼつて、古くゆかしい言葉のまことを探らうとする彼の歌風は一世を風靡した。

秋の夜のほがらほがらと天の原照る月かげに雁鳴きわたる
大魚(おほな)釣る相模の海の夕なぎに亂れていづる海士小舟(あまをぶね)かも
こほろぎの鳴くやあがたのわが宿に月影淸し訪ふ人もがも

荒野の鷲同樣、はるばるとした大景を一望にをさめて、力強い歌となしおほせ、あるいは一轉して荒寥とした小世界をみつめてゐる。遠州濱松の神官の子として生れ、四十一歲で江戸に下り、著述に專念したのは六十を越えてからのことであつた。

田安宗武（たやすむねたけ） 1715——1771

降る雪に競（きそ）ひ狩する狩人の熊のむかばき眞白になりぬ

八代將軍吉宗の二男宗武は十七歳で田安家を立ててその祖となつた。白河樂翁松平定信は彼の七男である。十萬石の大名ながら文學、音樂を好み、國學に志あつく、同時代の荷田在滿と賀茂眞淵を重く用ゐて彼らを師とした。在滿は「國歌八論」に熱烈な新古今敬慕の說を述べ、殊に定家より良經を重しとするその立論は、今日なほユニークな見識として、心ある人の引用するところである。宗武はこれに對して萬葉尊重の立場を明らかにし、堂堂と「國歌八論餘言」をあらはす。當然當代第一の萬葉學者眞淵と意氣投合、ために在滿は田安家を辭し、眞淵がその代りに仕へる。生來の萬葉好み、歌風は眞淵以上に大らかで純粹、むしろ人麻呂調とも言へよう。狩りの歌も、むかばきが眞黑の「熊」の皮ゆゑに、雪に飾られて見事な諧調を生む。

東(ひんがし)の山のもみぢば夕日にはいよいよ紅くいつくしきかも
眞帆ひきてよせ來る舟に月照れり樂しくあらむその舟人は
きのふまでさかりを見むと思ひつる萩の花散れりけふの嵐に

「眞帆」など、まさに一幅の繪を見るやうに遠近法と色彩效果が見事だ。家集「天降言(あもりごと)」の、その題の意味する通り、彼にとつて和歌とは天來のものであつた。歌論の他に「樂曲考」などのあるところ、この大名の造詣、蘊蓄、敎養の深さを思はせる。

楫取魚彦（かとりなひこ） 1723――1782

天の原吹きすさみたる秋風に走る雲あればたゆたふ雲あり

長歌は勿論催馬樂（さいばら）までさかんに作り、一方繪も好んで描きその方でも知られてゐた魚彦の歌は、古今傳授の形式を一心に守つてゐるだけの同時代歌人には見られぬ、自由な把握、自然な調べがある。この歌の下句十六音などその好例で、この口語風の親しげな語調は、現代短歌といささかも變らない。十八世紀中葉の當時では隨分奇抜な作風と見られたことだらう。現代にしても下句八・八調と一音づつ餘つてゐるのは珍しく、實に鷹揚な感じだ。この一首の面白さは下句に對して鋭く細みのある上句の古調、兩者の悠然たるアンバランスのバランスにあらう。

四十を過ぎて下總の香取から江戸に出、賀茂眞淵の門に入る。眞淵の最も古い弟子の一人と言はれる。古語の研究に沒頭して「古言梯」他数多（あまた）の著があり、歌は萬葉調を尊重したが、生來言語感覺が秀れてゐたのだらう。伊能茂左衛門を楫取魚彦と稱し、他に「青藍」の號を持つところにもそれはうかがへる。

ちちのみの父いまさずて五十年（いそとせ）に妻あり子ありその妻子（つまこ）あり

亡父の五十回忌法要の折、墓前で詠んだとの詞書がある。親の五十回忌を營めるのはあはれな幸運で、幼い時に父母が若死した場合が多い。孫を儲けた魚彦だが、さして長命ではないその歿年は天明二年六十歳である。この歌も平凡な述懐ではあるが、その調べに、大まかな安息感があつて、特に下句の直情吐露が捨てがたい。

小澤蘆庵（をざはろあん） 1723――1801

月ひとり天（あめ）にかかりてあらがねの土もとほれと照る光かな

「あきのつき」と頭韻を踏んで歌つた五首中第四首、おほよそ「月」の歌は悲しみに滿ち、心も調べも千篇一律になりやすいが、蘆庵はここで地面を貫きとほすばかりの、容赦のない激しさを月光に感じ取り、その月をあたかも神か絶對者のごとく「ひとり」とあへて表現した。一種の力業（ちからわざ）で壓倒的な強さだ。蘆庵、小澤玄仲帯刀は尾張犬山藩士、若くして劍士を志すほどの技倆の持主であつたが、感ずるところあつて士籍を離れ冷泉爲村に歌を學んだ。宮廷の傳統和歌はもちろん、萬葉尊重の擬古派にも、また師風にさへあきたりず、一人一風の革新派を標榜（へうばう）して、みづから「ただごと歌」と稱した。もちろん逆説表現で、日常自然の生活や心境を重んずるリアリズム短歌を意味し、後世の「アララギ」の先驅とも言へようか。同時代の上田秋成とも肝膽相照らす仲であり、香川景樹とも交り、彼に多大の影響を與へてゐる。

うづまさの深き林を響きくる風の音すごき秋の夕暮
大井川月と花とのおぼろ夜にひとり霞まぬ波の音かな
山風はややをさまりて立つ霧に林も見えぬ秋の夕暮

新風と自稱するわりには變りばえのしない主題と詠風ではあるが、彼の說く「ただごと歌」の何たるかが暗示されてゐるやうだ。享和元年他界、七十九歳の天壽を全うした。

本居宣長（もとをりのりなが） 1730――1801

峯こえて思へば長き春日（はるひ）かな麓の花のけさの面影

上句を「かな」で止めて發句風に歌ひ出し、下句は當然連句の脇の形で唱和の趣となる。更に「思へば」といふ念押しの言葉まで含んでゐるので、「けさの面影」はまるで溜息のやうに重くやはらかい。歌格堂堂としてしかも優美なところ、さすが一代の大國學者、「もののあはれ」を文學の源、歌の生命とする人の作である。

宣長が賀茂眞淵の門を叩いて「古事記」から學び始めたのは三十四歳、この晩學の士が名著「古事記傳」を完成したのは三十五年後のことであつた。勿論彼はこの間に、古典全般を究め、語學を論じ、紀伊藩主の御前講座では幕府の官僚政治を批判し、財政を說き、「祕本玉くしげ」を獻呈して、その叡智見識を謳（うた）はれる。國學者であり、かつ傑出した思想家であり、また眞の意味の歌人でもあつた。すなはち「排蘆小船（あしわけをぶね）」に「歌の本體、政治をたすくるためにもあらず、身を修むるためにもあらず、ただ心に思ふことをいふより外なし」ときつぱりした口調で述べる。

妹（いも）に戀ひ秋の長夜をいも寢ずて歎きいきづきあかしつるかも

この萬葉振りの一首も「いも」の隠された繰返しのあたりに、彼らしい技巧が仄見えてしかも爽やかだ。「敷島の大和心を」のみがいたづらに名高いが「朝日ににほふ山櫻花」の結論的詠歎が理に落ちて、さして佳作とも思へない。門人帳に名を連ねる者五百、その中には平田篤胤、伴信友も交つてゐた。盲人國學者春庭は彼の子である。

上田秋成（うへだあきなり） 1734―1809

ねざむれば比良の高嶺（たかね）に月落ちて殘る夜暗し志賀の海面（うなづら）

名作「雨月物語」の作者秋成には歌文集「藤簍冊子（つづらぶみ）」六巻と俳書「也哉抄（やかなせう）」がある。文學修業の始めに出會つたのがまず俳諧であつたし、時代は連歌へ連歌へと靡いてゐた時代だが、彼のしたたかな詩才、恐るべき言語感覺は、短歌の上でも決して紛れない。掲出の一首にしても「殘る夜暗し」と第四句で言ひ据ゑ、殘りの空と山と湖を、一幅の銅版畫のやうに、冷え冷えと描き出したところ、さすがと言ひたい。「志賀」も生きてゐる。

ひさかたの天（あめ）の河原もかげ消えて秋の夜暗く雁鳴きわたる

銀河の見えなくなつた黑闇の天に、聲のみひびいて渡る雁、この歌も亦、凄じい寂寥感に鎖(とざ)され、その因はやはり第四句の「秋の夜暗く」と考へねばならぬ。作者は別に仄めかしも強調もしないが、運命的な悲劇の匂ひが濃く漂ふ。しかも鋼線の通つたやうな強い調べだ。

森深き神の社の古簾(ふるすだれ)すけきにとまる風の落葉は

この初冬點景にしても、たまたま目にしたことを素直に歌つたのではあるまい。巧みに巧んで、創り上げた暗澹たる心の中の景色だ。第五句は普通なら初句か第四句に置くべきを、わざと倒置して注意を引き、何か劇的な餘韻を響かせる。「隙間(すけき)」が「凄(すご)き」と音韻的に似る點も、秋成ならば、ひそかに計算したと考へてよからう。彼が同時代人宣長としばしば古典研究で論爭したことも知られてゐるが、歌風も陰と陽の對照の妙を見せる。

後櫻町天皇（ごさくらまちてんわう） 1740──1813

夕あらし雪の花をも負（お）ひそへてかへる木樵（きこ）りの歌ふ聲聲（こゑごゑ）

薪を背に山を下る樵夫（きこり）に、天から雪の花が降りかかる。吹きつける烈風に逆ふやうに、彼は聲を張り上げて、素樸飄逸な俚謠（りえう）を歌ふ。後に續く仲間の若者も聲を合はす。「岩を枕に寢よとは言はぬよ、同じ硬（かた）うてもわしが膝」「宵の三日月一目は見たがよ、朝になるまで肌さむや」。いづれ彼らは、麓の在所で聞えた喉（のど）自慢であらう。

第三句の「負ひそへて」が實に要領よく、まさに一首に花を添へる。結句の「聲聲」も亦、男らの足音をも響かせ、凜烈の空氣に冬の汗のにほひまで漂はせ、なみなみの才ではない。現代短歌の中に交へても十分通る。

後櫻町は第百十七代、本朝最後の女帝として二十三歳の卽位、歌才抜群で一代の詠千六百首と傳へ、歴代中第六位、詠風の優にやさしく、かつ艶麗なことは、さすが比を見ない。

めぐりあふ星の手向の今宵ぞと露も玉しくとこなつの花

七夕と撫子の花の例のごとき取合せながら、男女の星の逢ひの、その床に玉を敷き連ねて、ひそかに待つ心とは、をかしくまた雅やかな趣向である。櫻町帝皇女緋宮智子は、弟の桃園天皇二十二歳で崩御のため皇位につき、八年後、甥君後桃園天皇に讓位、この帝も亦父帝と全く同様二十二歳で崩じ、閑院宮家の第六皇子が養子として十歳で光格天皇となつた。後櫻町は上皇として四十三年、その稀なる詩藻は、不吉な系譜をしづかに眺めつつ、澄みまさつて行き、七十四の天壽を全うした。

ゆく秋のあはれを誰に語らまし藜籠(あかざこ)に入れて歸る夕ぐれ

良寛(りやうくわん) 1758——1831

「藜籠に入れて」の第四句でこの一首は命を得た。春の若芽なら食用に供する。年を經た莖は杖にもする。秋のひこばえや脇芽は食べるにもあくが強からう。あるいは當時越後にも、この草の葉の煎汁を蟲齒のうがひに使ふ習慣があつたのかも知れない。葉ずゑのほのかにもみぢした藜を手籠に摘み入れて歸るその姿が、重い足取りが「て」と字餘りの一音を加へることによつて、まざまざと浮んで來る。

つきよみの光を待ちて歸りませ山路は栗のいがの多きに
風は淸し月はさやけしいざともに踊り明かさむ老のなごりに

道の邊に菫摘みつつ鉢の子をわが忘るれど取る人もなし
あしひきの岩間をつたふ苔水のかすかにわれはすみわたるかも

これらの歌と竝んで私はこの秋の夕暮の思ひの深さを愛する。良寛の歌は旋頭歌や長歌を加へると千四百首近く今日に傳はつてゐる。淡淡として自在、無技巧無心の面白さはもちろんだが、その背後には、彼の堂堂たる漢詩の造詣と實作があり、加へて俳句、歌謠をもたしなみ、かつまた道風寫しの史上に殘る名筆、それらの敎養がおのづとかもし出した調べであることも忘れてはなるまい。また彼は「あきの」と題して萬葉集から短歌百九十首を抄錄、座右において愛誦してゐた。天保二年、七十四歳で世を去つた。

香川景樹（かがはかげき） 1768——1843

白樫（しらかし）の瑞枝（みづえ）動かす朝風にきのふの春の夢はさめにき

「歌はことわるものにあらず、しらぶるものなり」とは景樹の力説するところだった。理想は賀茂眞淵の萬葉主義・復古思想に對して、古今集であり、說くところは純粹感動說であつた。必ずしも對立するものではなく、萬葉こそ「調べ」の典型だと言ふことも可能だし、古今にことわりのみの歌も多い。才氣拔群と讚へられ「大天狗」と月旦された景樹は歌の師に小澤蘆庵を選び、師の「ただごと歌」の感情流露論を、みづからの旗印とし、これを鼓吹徹底したかつたのだらう。

白樫の歌は淸新、かつ優美である。結句の「夢はさめにき」あたり十九世紀初頭の讀者の目にはいかにも新風と映つたはずだ。今日の歌としても佳作たることを喪はない。ただ「春の夢」が折角の佳作に陳腐な印象を添へることが惜しまれるだけだが、當時はこれで通つたらう。

夕日さすあさぢが原に亂れけりうすくれなゐの秋のかげろふ

赤い蜻蛉(かげろふ)と夕陽の交錯する眺めなど、彼の家集「桂園一枝」の中でも一きは爽やかにかなしい。明治の短歌革新まで勢力を振つた「桂園派」は、この集の名による呼稱で、景樹門門弟千人の中の木下幸文、八田知紀など出色であつたが、末流・亞流は形骸に墮し、調べさへ流麗なら無內容な、ナンセンスなただごと歌もまかり通る愚は、心ある人人に眉を顰(ひそ)めさせるにいたる。世に言ふ「舊派」も、始祖景樹一人のみは革新の尖端であつた。

光格天皇 1771—1840

ゆたけしな若菜の色も青馬の節にあふぎをかざすたをやめ

正月、宮中の行事としては、最初の子の日に野に出て若菜を摘み小松を引く「子の日の遊び」、次に七日の「白馬の節會」には、左・右馬寮から白馬を庭上に曳き出して天覧に供する。またこの日は「七種の節句」で七種粥を祝ふ。どの催しも、儀式の後には帝から群臣に盃を賜ひ、後は宴。檜扇を翳して舞姫達は華やかに舞ふ。その浮き浮きした雰圍氣と、觀る人の醉ひごこちが、初句の意表をついた感歎にもうかがはれる。「若菜の色も青馬の節にあふぎ」の懸詞的效果で、豊かな色彩が溢れ、いやが上にも愉しさをそそる。舞姫の姿もそれにつれて幻のやうに浮び上り、繪卷の殘缺を見る心地がする。

光格は第百十九代天皇、九歳の踐祚であるが、在位中に淺間大噴火、奥羽大飢饉、關東大洪水と天變地異相次ぎ、皇居も炎上した。この歌は新築成つた春二十歳の作であるが、多事多難の十八世紀末にも、上代に倣つて、このやうな節會が古式ゆかしく催されてゐたことがわかる。その名も相似た第五十八代光孝帝に「きみがため春の野に出でて若菜つむ」のあることも思ひ出される。

花ならぬひかりぞにほふ春の月かすめる山を出でがてのそら

二十歳の二月から毎月十八日に宮中歌會をみづから催し、二百三十四回に及んだといふ。「花ならぬ」にしろ、單なる執心で生れる調べではなく、天成の美質のなすところが明らかに見られ、桂園派よりずつと清新だ。

大田垣蓮月(おほたがきれんげつ) 1791——1875

柴の戸に落ちとまりたる樫の實のひとりもの思ふ年の暮かな

蓮月は歌を平田篤胤門の六人部是香(むとべよしか)に學んだ。桂園派の影響下にありながら、獨特の優しさと侘びを匂はせるのは人柄のなせるわざであらう。孤獨、薄幸、清貧に甘んずる心が、この上句下句ににじみ、「ひとりもの思ふ」が言葉だけに終つてゐない。また上句は、古歌ならば、このまま「ひとり」を導き出すのみで、たとへ「有心(うしん)」でも、ほとんど現實的な意味はないのだが、蓮月の歌では、切實に彼女自身の環境を反映する序詞となつてゐる。

岡崎の月見に來ませ都人かどの畑芋(はたいも)煮てまつらなむ

書く前にまづ口ずさみ、呼びかけたやうな息づかひが聞える。挨拶歌ながらそれなりに心がこもり、行けば甲斐甲斐しく衣被（きぬかづ）きを笊に盛つて振舞つてくれさうな温みを覺える。背後の東山に橙黄の滿月が上るのも見えるやうだ。彼女はみすぎよすぎのため陶器を燒き、それに自詠の歌を流麗な筆跡で書き入れてゐた。勤王の志篤く、志士達が姉か母のやうに慕つたとか、數數の逸話が傳はるが、烈婦貞女の鑑といふ印象は更になく、三十三で夫と子を喪つて佛門に入つた、むしろ慈味を湛（たた）へた洒脫な人となりが感じられる。明治八年、八十五歲まで衰へぬ歌心を示しつつ世を去る。隱栖したところは左京區、吉田山の南側、神樂岡崎、更に晚年は西賀茂神光院の草庵に移つた。樫の實の落ちる庵は後者であらう。家集は「海人（あま）の刈藻（かるも）」、自然觀照詠に掬すべき味がある。

大隈言道(おほくまことみち) 1798——1868

風吹けば空なる星もともしびの動くがごとくひかる夜半(よは)かな

星を天の燈火にたぐへる第二、三句は、たとへば和漢の古典にも類想はあるが、風に搖れ動くといふところに、言道獨特の感覺が見られる。いささか説明的で調べを毀してゐるところも、かへつて個性的な味を添へてゐる。

「僕(われ)かりに木偶歌(でくうた)となづけたる物あり。魂靈(たましひ)なくて姿も意も昔のものなり。かかる歌は千萬首よめりとも、籠にて水を汲むがごとし」とか、また「吾は天保の民なり、古人にはあらず。みだりに古人を執すれば、吾身何八、何兵衞なる事を忘る」と說き、結論として「よき歌よまんと欲せば、先づ心よりはじむべし」と提唱した。景樹の「調べ」論と同根かつ同工異曲だが、實作は更に、殊更に、凡俗の中の生きた姿を寫すことに執する。

　童べ(わらは)の枕のもとのいかのぼり夢の空にや舞ひあがるらむ

　古今六帖や堀河院題の歳時や歌枕を、ただ習慣的に惰性的にいぢくつてゐる舊派の歌人には、言道の歌などまさに平談俗語の寄せ集めに過ぎず、和歌の風上にも置けぬものだつたらう。多作を以て聞え、一代の作五萬とも傳へるが、幼児の夢の飛(ひ)行(ぎやう)に見るやうな、自然な感情の横溢はあまたある代りに、彼の言ふ「魂靈(たましひ)」の、その深みを覗かせるやうな秀作には乏しい。

　高名な猫の首の鈴が草むらの中で聞える歌なども、ただそれだけに終り、夏眞晝の恐ろしいほどの寂寥感にはほど遠い。家集に「戊午集」「今橋集」。七十一歳、郷里福岡で歿した。

八田知紀（はつたとものり） 1799——1873

大比叡（おほひえ）の峰に夕ゐる白雲のさびしき秋になりにけるかな

「ゐる雲」とか「ゐる氷」のやうな一種の擬人法が、約束事として守られてゐたのは明治初年くらゐまでであつたらうか。この歌など下句が舊派離れした詠風なので、第二句がかへつて違和を感じさせる。第四句に「い」列の音を集めて、「大比叡」「白雲」の清涼感、寂寥感をいやさらに強調したあたりも、聲調を重んずる作者の特長がよく出てゐる。だが「さびしき」を言外に感じさせることこそ、まことの聲調であることは言ふまでもない。この歌、他出歸路の嘱目といふ意味の詞書があるが、「晩秋遠岳」「連山白雲」等の題詠で歌ひ古された境地に近い。それだけに秀作も生れにくいのだ。

月清み寝ざめてみれば播磨潟むろのとまりに船ははてにき

兵庫縣の室津はかつて遊女で聞えた瀬戸内の要津であつたが、天保、弘化の頃はまだまだその名殘も濃く殘つてゐたことだらう。第二句のことわり、三句四句の地名跨り、結句の硬く澄んだ用言(ようげん)の響き、これらが、平凡な名所歌になるところを救つてゐる。

知紀はもと薩州鹿兒島の武士、香川景樹門すなはち桂園派を代表する歌人となり、明治維新後は所謂「御歌所派」の指導者となつた。現今ではその名も止めず、歌會始めの折、ふと思ひ出される名であるが、俗惡無類の狹義リアリズムの歌よりも、かへつて弊害は少かつたかも知れない。七十五歲、家集「しのぶ草」を殘して歿した。

井上文雄(ゐのうへふみを) 1800―1871

岡越えの切り通したる作り道卯(う)の花(はな)咲けり右に左に

丘陵を掘り拓き新道を通したあたり、まだ赭土(あかつち)のにほひもなまなましく、五月雨(さみだれ)の霽間(はれま)は新緑がしきりに雫をこぼしてゐるだらう。場所を示し、狀況を述べ、展望を次第に擴げ、そこへ白白と咲き盛る空木(うつぎ)の花の群りを浮べて見せる。しかも小うるさく說明的なところはなく、齒切れのよいところ、なかなかの技倆と言ふべきだらう。「右に左に」の結句が一首の急所で、この七音のため景色がパノラマのやうに擴がる。古歌なら「此面彼面(このもかのも)」などと歌つたところだし、當時でもかういふ表現は、自由で清新な印象を與へてゐたかも知れない。

隅田川中洲をこゆる潮先(しほさき)に霞流れて春雨の降る

第二、三句の丁寧な観察が、この時代では殊に目新しく、「霞流れて」の第四句が生きて來る。押繪か、精精が南畫程度の自然詠が、古風ながらも「寫眞」の、カメラ・アイ風な角度と視點で刷新されて行く。

文雄は田安家の侍醫であり、一柳千古の門に入つて國學と和歌を學んだ。眞淵から千蔭・春海らの系譜に繋がることになるが、獨特の明快鮮烈な詠風を示すことがあり、幕末歌人の中では抜群の一人と言はれる。卯の花と言ひ隅田川と言ひ、感覺の新しさもこの程度かと、思はず溜息の出るやうな齒痒さだが、過渡期の詩歌とはすべて、さういふ折衷的な生溫(なまぬる)さを引摺りつつ、亡び、かつ生れ變つて行くものだ。家集は「調鶴集」、研究書「大和物語新註」、明治四年七十二歳で永眠した。

平賀元義(ひらがもとよし) 1800――1865

妹(いも)が家(や)の向ひの山は眞木(まき)の葉の若葉涼しく生ひ出でにけり

この爽やかな抒情性、一口に萬葉振りとは言ひ切れぬ新味がある。新風とことごとしく標榜(へうばう)せず、しかも他を引離した獨自の世界を持ち、それにふさはしい調べを得ることこそ「革新」の名に價する。元義は稀なる一人であると言つてよい。「妹」を直接歌はず、妹の家さへそのまま用ゐず、「向ひの山」に目を向けて、その山の新綠の樹樹を目に樂しむ。そして「涼しく生ひ出で」るのは、他ならぬ「妹」その人であることが、讀者の胸には傳はる。迂遠な間接話法や思はせぶりではない。この歌人の雄雄(をを)しい羞ぢらひであり、ゆかしい思ひやりと言ふべきだ。

大井川朝風寒み丈夫(ますらを)と念(おも)ひてありし吾ぞはなひる

結句の平俗な言葉が突然笑ひを誘ふ、諧謔を伴ふが決して擽(くすぐ)りを狙つてはゐない。むしろ人間の、男の、脆さ、不如意さを悲しむ心であらう。「五番町石橋の上にわがまらを手草(たぐさ)にとりし吾妹子(わぎもこ)あはれ」にしても、猥褻感はいささかもない。絶唱とは言ひがたいが破格の佳作であることは確かだ。岡山藩士の子に生れ、黒住教祖に神典を學び、三十三歳で脱藩、中國諸國を放浪したといふ出自行狀も、歌風に反映してゐる。

子規の元義禮讃は有名で、實朝崇拜と揆を一にして、いささか見當外れや逸脱も見受けられるが、近世歌人群の中では特筆に價する一人だ。みづから國士と稱しつつ生涯不遇、卒中で路上に頓死した。慶應元年六十六歳。

野村望東尼（のむらもとに） 1806――1867

川の瀬に洗ふ蕪（かぶら）の流れ葉を追ひ争ひてゆくあひるかな

繪になる風景ではあるが歌になる風景ではなかつた。俳諧には向いても和歌には向かぬ題材であつた。目に觸れたものを率直に、ありのままに歌つたなどと、判で捺したやうな讚辭は、彼女の場合も見當違ひで、實景と思はせるほどの律動と精彩を一首に與へた手際、それを生んだ才氣と素質こそ特筆すべきだ。實景であらうと空想であらうと問題ではないし、空想でもこの程度のことは、彼女くらゐの詩才があればいくらも可能だ。それにしても小川の白いたぎち、初冬收穫期の蕪の白さ、その葉の濡れた綠、家鴨のコミカルな動き、騷がしい鳴聲が、手に取るやうに浮び上つて來る。刷り損ひの繪葉書以下の死んだ自然詠の多い時代に、これは偉とし、奇とするに足る作品であらう。しかし、その割には知られてゐない。

あまをとめ刈りほす磯の荒布(あらめ)にもいくたりつなぐいのちなるらむ

夫、福岡藩士野村貞貫と共に大隈言道に歌を學び、死別の後佛門に入るが、平野國臣や高杉晋作と交り、連座して姫島に配流になつたこともある憂國の同志の一人、「いくたりつなぐいのちなるらむ」の感慨には、彼女のさういふ一面が偲ばれる。志の明らかさは、しかしながら詩歌そのものの高さとはおのづから別のことで、この歌も、決して彼女一代の作の眞の代表とは言へまい。歌集「向陵集」の他日記諸種が残される。慶應三年永眠、歳六十二、本名は「もと」であつた。

加納諸平（かなふもろひら） 1806——1857

山賤（やまがつ）がけぶりふきけむ跡ならし椿の巻葉（まきば）霜に氷（こほ）れり

木樵（きこ）りが椿の葉に刻み煙草を巻いて吸つたのか、その痕跡を殘した葉が道に落ち、霜を纏（まと）つて地に貼りついてゐる。珍しい點景であり、習俗の一端であり、第一野趣滿滿、しかも意識せぬ風雅が殊更に愉しい。かういふ「發見」は、眞似て生れるものではない。薄の穂を集めて輪にし、頰の赤い童が首巻代りに用ゐて寒を凌ぐとか、白膠木（ぬるで）の枝を折つて箸の代りにし、山中で晝食を採るとか、似たやうな趣向の歌は後世にも夥しいが、椿シガーの素樸で豊かな創意に及ぶものはないやうだ。

こがらなく秋の野寺のひとへ垣ひま見えぬまで萩は咲きけり

家集「柿園詠草」中の佳作の一つ、萩のびつしり咲き滿ちてゐる寺の生垣なら必ずしも珍しくはないが、そこへ小雀(こがら)の鳴聲を配したので、俄に生氣と精彩を得た。三句切の輕快なリズムも、あたかも小鳥の聲のやうに明るい。諸平は遠州に生れ、その父は本居宣長門の駿足夏目甕麿(みかまろ)、古學に精通し和歌の才拔群であつた。諸平の學識・歌才共に父讓りであらう。思へばその甕麿の號が「萩園」、萩に寄せる思ひも深かつたらう。紀州藩加納氏の養子に入り、藩の國學所總裁に任ぜられる。「紀伊續風土記」編纂を依囑され、熊野地方も隈なく踏破、椿煙草もその時の作、山賤を歌つたものは他にも見える。

山賤がもちひにせむと木の實つき浸(ひた)す小川をまたや渡らむ

橘曙覧(たちばなあけみ) 1812——1868

夕顔の花しらじらと咲きめぐる賤(しづ)が伏屋(ふせや)に馬洗ひ居り

黄昏の軒先に仄白く浮ぶ夕顔の花花と、井戸端か水飼場(みづかひば)で一日の汗と埃を流してもらつてゐる馬、取合せはいささか俳諧的で、特に「咲きめぐる」あたり俳畫的でさへあるが、拵へ物の感はない。一幅の田園風景はなごましく、かういふ素材詠風は曙覧の家集「志濃夫廼舎歌集(しのぶのや)」の随所に見られる。萬葉萬葉と稱へながら、作品は古風追隨から一歩も出ない「萬葉歌人」も多かつた時代に、彼は古代の心を尊びつつ、詞(ことば)は大いに平談俗語調に砕け、親しみ深く率直な歌で世人にアピールする。俗耳に訴へつつ、しかも詩であることは、言ふべくして甚だむつかしい。

たのしみは門賣りありく魚買ひて烹る鐺の香を鼻に嗅ぐ時

初句すべて「たのしみは」で始まり結句が「時」で終る「獨樂吟」五十二首の中のもの。曙覧には他に歌がないかのやうに、この一聯ばかりが有名だが、かういふ作品の傾向も功罪半半、作者の眞骨頂とも言へまい。冠句形式に、思ひ浮ぶままを片端から歌ひ連ねて行く趣向は、興に乘れば百でも千でも作れるし、讀む方も肩が凝らず、次元の低い人生哲學の耳觸り口當りは大衆にも受けようが、詩歌の面白さのほんの一面であつて、「生活詠」の典型のやうに考へるのは滑稽だ。曙覧は越前福井の出、祖は橘諸兄。宣長に私淑し、飛驒高山で國學を修め、三十五歳で家督を一切異母弟に讓つて隱棲した。福井藩主松平慶永の招きにも應ぜず、孤高を持したことは有名だ。

久貝正典(くがひまさのり) 1806——1865

秋ふけて破(や)れわわけたる芭蕉葉(ばせうば)の露すふ蝶の翼(つばさ)黄ばめり

破芭蕉(やればせう)と秋の蝶の取合せは相當に濃厚で意味ありげで、その意味では幕末和歌の中の一異色作と言へる。この歌より二世紀も前、その名も芭蕉が吟じた「芭蕉野分して盥に雨を聞く夜哉」と「白罌粟(しらげし)に羽もぐ蝶の形見かな」を併せて、更に念を押した趣。「わわく」は滅裂になる意だがそれにしても、「ふけ・破れわわけ・すふ・黄ばめり」と、動詞が四つも犇き合ひ、それが一首を騒がしくし、一見素人の失敗作かとさへ思はせる。しかも「露すふ蝶」は、作者の呼吸を感じても飛び去るであらう靜寂の一瞬一刻を捉へてゐるのだ。情景と調べ、心と詞がこれくらゐ背反し、そのために倒錯したおもしろさを感じさせる歌も珍しからう。

魚のふく泡だに消えぬ春の日はねむるに似たり岸の青柳(あをやぎ)

懶(ものう)く、恍惚とした春晝のひととき、吐息をつくやうな一首だが、これまた動詞が四箇所。ために一首の律調が鈍い曲線を描き、唐突な比較だが、アール・ヌーヴォーの駘蕩たるデカダニスムに相通ずる持味を感じる。

久貝因幡守甚三郎正典、幕府譜代の旗本、歌を好み、文人のパトロンを以て任じ、一方愛刀家として聞え、更に、安政の大獄の折は井伊直弼の腹心として大目付を勤め、幾多の勤王の士を闇に葬つた。あまりにも懸隔の甚しい二面に啞然としつつ、それが詩歌誕生の祕、理外の理、あるいは本然の姿かと思ひ入ることもある。

安藤野雁（あんどうぬかり） 1815—1867

ながめ向かふ心 心にかなしさの色定まらぬ秋の夕雲

「野雁集」に「秋の夕のこころをよめる」の詞書を添へて掲げられた五首の中のもの、新古今、宮内卿の「おもふことさしてそれとはなきものを秋の夕べを心にぞ問ふ」を、何となく思ひ浮べるやうな、情趣の深い一首だ。常に古く、しかも常に新しい「秋夕」の、それゆゑに歌になり易く、秀作の生れがたいゆゑんを、この歌はおのづから教へてくれる。「かなしさの色定まらぬ」といふ第三、四句、言ひ得たものだとうなづくばかりだ。人一人一人、眺める心の悲喜明暗に即して、秋の眺もさまざまに色を變へよう。「ながめ向かふ」は、習慣的に用ゐ古されて來た「眺むれば」「見渡せば」を、一捻りして今様に、この歌向きに新しくしたのだらうが、說明的な臭みが拔けない。結句も惜しいかな舊態依然である。

　　ゑのころはこの頃こそは生れしか早く戀するものにぞありける

野雁は陸奥岩代の人、幕府の下級役人であつたが、後扶持を捨てて諸國を遊歴、獨力で國學を修め、歌を會得し、奇行と逸話と幾つかの佳作を殘す。犬ころの歌は駿河の國富士川畔岩淵の逆旅に逗留中の作、三十八首の卽興歌で、たわいのないものばかりだが、物慾は勿論、なまじつかな歌道意識、創作熱などないところに、ほほゑましい持味が生れた。「早く戀する」の第四句など、殊に愛すべき響きではある。慶應三年武州熊谷で、まさに野に落ちる孤雁のやうに、五十三歳の生を終へた。

与謝野禮厳（よさのれいごん） 1823——1898

江口（えぐち）びと簗（やな）うちわたせその簗に鮎のかからば鱠（なます）つくらな

今は大阪市東淀川區の江口、昔は瀬戸内海航路と淀川上下の川船の乗繼・乗換で輻輳（ふくそう）し、殷賑（いんしん）を極め、神崎・三島と共に遊女もあまたゐて、港であると同時に歡樂の里として聞えたといふ。「梁塵祕抄」等にもしばしば登場する。淀川一帯は水も淸らかに豐かに、鮎・鮒・鯉とあらゆる川魚が四季銀鱗を閃かしてゐた。鮎簗など、現今では山深い溪流、源流に稀に見る程度だが、淀川にも前世紀中葉には、まだ殘つてゐたのだらうか。往古の風物で今日見られるのは、わづかに蘆刈くらゐだ。

鮎は獲るとその場でぶつ切にし、船の淦掬（あかすく）ひなどを容器に、持參の味噌で和（あ）へて、手摑みで食ふのが最も美味と言ふ。勿論傍には瓢簞も控へてゐて、歌も話も彈むことだらう。初句切二句切、それに命令形や誘ひかけが重なりあひ、浮き浮きした心と、更には作者の表情が浮んで來る。繪空事めいてゐてしかも十分愉しい歌だ。

寒けきは心づからかみ吉野の耳賀(みみが)の峰に花の雪降る

「み」の頭韻が巧まずして鳴りあひ、思へば落花のひびきのやうだ。二句切の述懷と三句以下の心象敍景も、新古今的な美の面影がある。禮嚴法師は「明星」の總帥(そうすい)寛の父、丹後與謝の加悅(かや)に生れ、西本願寺の學林に學ぶ。師は本居春庭門の八木立禮、度度本願寺役僧となり、遊說と教化に心を盡し、私財を抛つたこともある。「禮嚴法師歌集」は十三回忌に嗣子寛の手で刊行された。

海上胤平(うながみたねひら)　1829――1916

月清み海上(うなかみ)がたの沖つ洲にあさる秋沙(あきさ)の數も見えけり

秋沙(あきさ)は「秋沙鴨(あきさがも)」あるいは「秋早鴨(あきさがも)」、「あいさ」と音便略稱されることが多い。萬葉にも見え、初秋の景物の一つである。海上姓を名告る作者の生地の同じ名が、歌の中で見事に生きてゐる。これまた萬葉の「夏麻(なつそ)引く海上潟(うなかみがた)の沖つ渚(す)に」を心に置いての詠であらう。海上郡の海濱の眺めである。今の銚子市の西、利根川の右岸にあたる。また海上氏は桓武平氏の裔、胤平はその一人にふさはしく文武兩道の達人であつた。

朝けゆく衣手寒し雪消えぬ平群(へぐり)の山の白樫(しらかし)がもと

舊派のリゴリズム、眞淵の尙古趣味を一步も出てゐないやうな詠風ではあるが、當時一世を風靡してゐた桂園派と對抗し、完膚なきまでに論難した歌人ゆゑ、これくらゐ頑固な詠風も當然であらう。山岡鐵舟と千葉周作に劍を學び、諸國遍歷十七年、折しも和歌山に加納諸平が紀州藩で國學を敎へてゐるのを知り、赴いてその門を叩き、たちまち頭角を現し、眞淵以來の思想、歌學の流れを體得した。諸平のあの自在で鮮烈な言語感覺は學び得なかつたのか、その歌集「椎園詠草」「椎園家集」に、師を凌駕するほどの作品のないのが惜しまれるが、ある時はかへつて淸冽な印象も與へる。三十八歲以後地方官吏をつとめたが、明治十六年五十五歲、東京に戾つて歌道塾を開き集る者數千、その革新的な語調、用語論は、しばしば論敵の憎しみを買ふほどであつたと傳へる。

丸山作樂（まるやまさくら） 1840――1899

楡澤（にれざは）をうち越えくればやまとたけるかみのみことの昔しのばゆ

地名人名固有名詞の交感交響で成つた美しい歌だ。倭男具那（やまとをぐな）が、みづから誅し（ちゆう）た熊曾建（くまそたける）から、その斷末魔に贈られた名が「倭建（やまとたける）」。三十二歳の壯年を一期とした この文武兩道の皇子は、何處に登場しても爽やかに悲しい。「楡澤」といふ青色系語感を初句に置き、皇子名に「神」を添へて、すべて平假名表記にしたところも、偶然であらうが效果十分だ。第二句と結句「うち越えくれば・昔しのばゆ」が、いかにも萬葉的定石修辭で終つてゐることが惜しまれるのだが、作者としては、これ以外考へられなかつたのだらう。見識であり同時に限界だ。元義や諸平のやうな自在な修辭は、他に求めても空しい。

　ひなぐもりうすひの坂を越えくれば朝霧たちぬ道まよふがに

碓氷越えの一首も楡澤越えとほぼ同一手法の羇旅歌(きりよか)であり、「盤之屋(いはのや)歌集」に同工異曲は頻出する。「ひなぐもり」は「碓氷」の枕詞だが、曇天の日影の薄さから發してをり、その意味では「ひな曇り・薄日・朝霧・迷ふ」と朦朧模糊たる眺めを創り上げてゐるらしい。

作樂は島原藩士の息。平田篤胤に私淑し、かたはら洋學をも學んだ。征韓論者として事件に連座したが許され、明治二十年四十八歳歐米を巡遊、歸朝後帝國憲法制定に盡力する。宮內省圖書助、元老院議官、貴族院議員と要職を閱歷、教育事業にも盡力し、日本體育會の創設、發展にも與つた。明治三十二年歿、享年六十歲。

天田愚庵（あまだぐあん）　1854――1904

生れては死ぬ理（ことわり）を示すちふ沙羅（さら）の木の花美しきかも

佛敎で言ふ「沙羅雙樹」は、釋迦入滅の時、その臥床の周圍にあつた樹木で、枯れて白色に變じた。「平家物語」には「沙羅雙樹の花の色、盛者必衰の理（ことわり）をあらはす」と謳（うた）はれる。だが一方植物學上では山茶（つばき）科の「夏椿」の別名とされてをり、この木の花は椿に似て、白色單瓣直徑五糎ばかり。しかも開花後間もなく、あつけなく落ちてしまふ。愚庵の歌は、恐らく、「平家物語」の沙羅雙樹を思ひつつ夏椿の花を見てゐたのだらう。「沙羅雙樹花開」の詞書を添へて三首を記し、「美しき沙羅の木の花朝咲きてその夕には散りにけるかも」ともあるのを見れば、沙羅實は夏椿を、佛敎說話中の沙羅雙樹と信じてゐたらしい。それはそれで差支へあるまい。流麗な、淡淡とした調べで、釋敎歌臭のいささかもないのが快い。

醉杉葉嫣也投嚙木綿吳爾古農人壺乎蚤莫越夢（ヨヒスギハツマヤナゲカムユフグレニコノヒトツボヲノミコスナユメ）

風吹かば散らくの惜しき梅の花我が衣（ころも）脱ぎ著せまくもほり

愚庵、天田久五郎は安政元年磐城の平城下に生れ、十五歳の時、薩長軍を迎へて防戰したが落城、仙臺に逃れる。この時生別れ、行方不明となつた父母と妹を以後二十年探し廻つた。ニコライ神學校に學んだ後、山岡鐵舟に師事、また落合直亮に國學を學ぶ。諸種の職業に就き二十八歳清水次郎長の養子となり、「東海遊俠傳」を出版した。子規、虛子の先達として影響を與へること少くない。明治三十七年、五十一歳で波瀾の生涯を閉ぢた。

落合直文（おちあひなほぶみ） 1861――1903

萩寺の萩おもしろし露の身のおくつきどころここと定めむ

萩寺とは東京龜戸龍眼寺の別稱であると聞く。萩を愛し號を「萩之家」あるいは「櫻舍」と稱した。櫻の方は彼の代表作として世に知られる一首がある。

緋縅（ひをどし）の鎧をつけて太刀（たち）はきてみばやとぞ思ふ山櫻花

錦繪趣味の俗惡な美意識として面を背ける人も多からうが、十九世紀末の日本には、これを最高と信ずる讃美者が犇いてをり、彼ら彼女らの子は「明星」に次の新しい光彩と香氣を求めて蝟集（ゐしふ）することになる。「萩寺」は何か辭世を思はすやうな、澄み切つた寂寥感が漂ふ。同じ眠るなら萩の下、さればこそ家集の名も櫻は置いて「萩之家歌集」と名づけたのだらう。そしてその名がふさふ。

仙臺藩家臣鮎貝盛房の次子として陸前本吉郡に生れ、神道中教院に學んで統督の落合直亮にその天賦を愛され養子となる。著名な長篇敍事詩「孝女白菊の歌」を發表したのは明治二十一年二十八歳のことである。

渡殿(わたどの)をかよふ更衣(かうえ)の衣(きぬ)の裾に雪とみだれてちるさくらかな

新派和歌革新運動の首唱者として、「あさ香社」を東京本郷淺嘉町の自宅に設け、三十八歳病を得て後は、第一高等學校等の教職を辭し、歿年まで臥床の日が多かつた。「父君よ今朝はいかにと手をつきて問ふ子を見れば死なれざりけり」は、その日日の一齣であつた。壯年四十三歳の師走十六日、功成り名を遂げて他界した。

森鷗外（もりおうぐわい） 1862 —— 1922

處女はげにきよらなるものまだ售（う）れぬ荒物店の箒（ははき）のごとく

この奇想天外、痛烈なること平手打のごとき歌を含む「我百首」は、明治四十二年五月「昴（スバル）」第五號に發表された。作者名は森林太郎、その時四十八歳である。「明星」は前年十一月に廢刊になつてゐた。一月に「昴」創刊、四月には白百合の山川登美子の死、晶子はこの五月に「佐保姫」を刊行してゐた。寛三十七、晶子三十二である。鷗外の歌は廣義象徵主義（サンボリスム）の鮮麗深遠な、調子の高い、唯美の光を放つものが多く、必ずしも「明星」の浪曼主義に同調のみはしてゐない。しかも「處女はげに」のやうな、アフォリズム風の諷刺歌も數多（あまた）ある。辛辣な、そして哄笑を誘ふやうな見事な肩透かしであり、詭辯の最たるものでありながら、調べは朗朗として、歌そのものは通俗に墮してはゐない。ふと超現實派、たとへば後の世のダリの繪を聯想させるばかりに「美しい」。望蜀の言を添へるなら「まだ售れぬ」が理に落ちる。

憶ひ起す天に昇る日籠の内にけたたましくも孔雀の鳴きし
怯れたる男子なりけりAbsintheしたたか飲みて拳銃を取る

寛もこの頃横綴を歌中に入れ振假名を添へてゐたが「苦蓬酒」はない。鷗外は四十年、自邸に新詩社と根岸派の歌人を會せしめ「觀潮樓歌會」を開いた。「我百首」は、當時の、この天才文人の、絢爛と咲き開いた歌心の花であつた。改めて評價し記念すべきであらう。

跋　韻文の魂

昭和五十一年新春からほぼ三年間にわたつて毎日新聞紙上に連載した「作品の心」七十四首に、新しく三十八首を書き加へ、計百十二首を大體作者生年順に排列編纂して「珠玉百歌仙」と名づけた。卷頭から卷末までおよそ十二世紀、歌の生れた時代時代の現實は、一首一首に決して生(なま)の姿で反映してはゐない。うつつから可能な限りかけ離れた次元で、作者は人の魂の眞實を探らうとした。それこそが作品の、殊に韻文定型詩の心であり、同時に存在理由であらう。新聞連載中、數多有志の方から示唆と叱正と共感の言葉を戴いた。

またこの著上梓に關しては『新歌枕東西百景』『秀吟百趣』同樣、圖書第一編揖部長始め各位の御配慮を忝うした。就中、直接御擔當の石倉昌治氏には種種御助力を賜つた。深謝の他はない。

昭和五十四年三月六日　啓蟄

著者

構想力という翼

解説

島内景二

和歌芸術の美の殿堂として、珠玉のアンソロジーを編むこと。それが、塚本邦雄の念願だった。なぜならば、和歌から短歌へと「革新」されて以降の近代文学の弊害と、それを引きずる現代文学の閉塞を、和歌という「美の祈り」で打ち砕きたかったからである。小説の世界では、明治時代の「言文一致」以後は、話し言葉で散文を綴る行為しかできなくなった。評論や批評でも、文体の香気や光彩は後退し、意味の伝達と平明さばかりが重んじられるようになった。このような文学状況、あるいは文化状況への渾身の異議申し立て、それが塚本邦雄の「戦う美学」だった。

塚本はまず、和歌の最盛期に着目した。『古今和歌集』から『新古今和歌集』に至る勅撰集「八代集」の時代である。だが、それで終わってはならない。八代集以前へと、そして八代集以後へも、「真に美しい歌」の探索範囲を、拡大する必要があった。

塚本は書斎に居ながらにして、想像力と創造力とを駆使して、詩歌の広大な宇宙へと旅立った。宝物のような詩歌の傑作を発見し、現代日本に持ち帰る大冒険だった。それは、序文にあるように、広大な砂漠から、わずか数粒の砂金を発見する確率や、厚い雲に覆われた雨夜の空に、光り輝く星を見つける確率よりも低い、困難な遍歴だった。

だが、塚本には「必ずや自分には、砂中の金と、雨夜の星が見つけられる」という予感と確信があった。かつて、評論集『定型幻視論』で、「短歌といふ定型短詩に、幻を視る以外に何の使命があらう」と宣言した彼には、真贋を見分ける視力があった。

曇った眼鏡をかければ、世界は曇って見える。透明な世界観を持っている人には、世界は透き通って映る。写生（写実主義）と事実偏重（自然主義）に囚われていれば、美しい和歌を見逃してしまう。文学観を変えること、そして世界認識を改めれば、文学史も和歌史も、その見え方が一変する。「見者」である塚本には、世界の真実が見えた。「自分は、文学史を塗り替え、美の殿堂の司祭になる」という使命感に燃えていたからである。人間は、心から見たいものを、必ず見つける。

塚本邦雄が手にしている武器は、二つあった。一つは、自らの審美眼。もう一つは、前衛歌人としての信念である。では、徹底的に探索すべき砂漠と雨夜とは、具体的には何だったか。書物である。歌集である。当時はまだ索引を入れても四巻しかなかった『国歌大観・正続』（角川書店）。歌人の個人歌集である「私家集」を、写本の表記のままで翻刻した（歴史的仮名遣いに校訂もされておらず、濁点すらも打たれていない）『私家集大成』（全七巻八冊、明治書院）。そして、最近では古書店でもあまり目にしなくなった佐々木弘綱・信綱編『日本歌学全書・正続』（共に全十二編、博文館）などだった。

ちなみに、角川書店から『新編国歌大観』全十巻の刊行が始まったのは、『珠玉百歌仙』の連載が終わった昭和五十三年の、さらに五年後だった。完結は、その九年後である。『新編国歌大観』第一巻（勅撰集編）が刊行された時、「全巻が完結するのは、何年後になるんでしょうねえ？『六百番歌合』と『千五百番歌合』の入っている巻は、来年にでも出してほしいものです」と語った塚本の、まさに喉から手が出そうで、焦ったような表情を、私は思い出す。

『珠玉百歌仙』は、それに先立つ『王朝百首』ともども、『新編国歌大観』の存在しない時代に発見された名歌のアンソロジーである。

言うまでもないが、塚本は検索機能の完備した「ＣＤ－ＲＯＭ」などは使わなかった。旧版の『国歌大観』や『私家集大成』にも索引は付いているが、彼は索引に頼らなかった。本文の隅から隅までを、自らの目で読破し、自らの手で全ページを捲るという、徹底したアナログ作業によって、名歌と認定した和歌が選び出され、塚本美学に基づいた鑑賞文が書かれた。

前衛短歌を推進し、現代短歌を革新することに成功した余勢を駆って、塚本は戦後の文学状況を動かそうとしたのである。変化を嫌う国文学界にも、堂々と割って入った。国文学者のある者は、「闖入者」とみなし、ただただ驚いた。ある者は「これは学問ではない」と忌避し、無視するか、否定するかした。ある者は、歓呼の声で迎えた。なぜならば、塚本の古典和歌の鑑賞は、研究に不可欠でありながら、研究者がともすれば忘れがちな「文芸批評」の要素をたっぷりと含んだ、創造的で過激な文学行為だったからである。

塚本邦雄は、大学紛争以後に、社会に対して徐々に開かれてきた国文学研究のさらなる変化を促進し、一般読書人の見守る前で和歌文学の宝庫の扉を開放した功労者である。

それにしても、『珠玉百歌仙』の最大の難所は、「二十一代集」と呼ばれる最後の勅撰集『新続古今和歌集』から後、明治時代に正岡子規によって短歌革新がなされるまでの、和歌史の未踏の荒野に分け入って、知られざる名歌を追い求めた部分である。

この分野には、二十一世紀の現在でこそ、多くの資料が揃っている。そして、この時期が、必ずしも「和歌の暗黒時代」ではなかったことも、明らかとなっている。だが今日でも、一般読書人に、その事実が浸透しているかどうか、はなはだ心許ない。まして、塚本が『珠玉百歌仙』の執筆に取り組んだ昭和五十年代の初頭において、彼の芸術的冒険は困難に満ちていた。悪路を乗り越えての成果は、まさに奇蹟の一言である。

私は、この解説を書くに当たり、塚本の冒険を追体験しようとした。勅撰集の編纂されなくなった時代に生まれた歌人たち、あるいは最後の勅撰集に間に合えたはずなのに、身分や人間関係の軋轢などで入集を拒まれた歌人たち。彼らは、何を思っていたのか。

天才でありながら、栄光の「勅撰歌人」たりえなかった正徹・心敬・宗祇たちの和歌を、塚本邦雄はどんな思いで読んだのか。そのことを念頭に置きつつ、私は『私家集大成』第六巻（中世Ⅳ）を手に取った。「塚本は、この分厚い本を通読しつつ、数首の歌だけを選び、それ以外は選ばなかった。その差は、何だったのか」と、自問自答しながら。

すると、塚本の試みが『集外三十六歌仙』と似ている、と感じた。江戸時代初期に古今伝授を受け、歌壇の指導者だった後水尾院が、勅撰集以外から三十六首の和歌を選んだ。歌仙でありながら勅撰集の中に入れなかった歌人なので、「集外歌仙」である。それに、姫路藩主の弟で、絵師となった酒井抱一が肖像を描いたものが現存する（姫路市立美術館蔵）。だが、『珠玉百歌仙』と共通する顔ぶれは、正徹・心敬・宗祇・道灌・肖柏・長嘯子くらいである。

ならば、『集外三十六歌仙』と『珠玉百歌仙』は、何が似ているのか。勅撰集に一首でも入集すれば、その名誉が永遠に顕彰された「二十一代集」の時代に間に合わなかった才能を、誰かが顕彰せねばならない。その意欲の強烈さにおいて、後水尾院と塚本は肩を並べている。いや、塚本の方が上回っている。そして、後水尾院以後の近世歌人たちも、『珠玉百歌仙』に収めて顕彰した。

なぜ塚本は、そこまで、埋もれた名歌の発掘にこだわるのか。それは、塚本の「百人一首嫌い」と深く関わっている。彼は、ことあるたびに、藤原定家撰の『百人一首』への不満を口にした。そして、自ら『新撰小倉百人一首』を選び直した。私が思うに、定家の『百人一首』は、誰でもが歌人になるための、万能のお手本だった。

『百人一首』の成立に関しては、定家が、息子・為家の舅（妻の父）だった蓮生（宇都宮頼綱）の依頼で選んだ、という言い伝えがある。この蓮生には、同名の別人がいる。『百人一首』の蓮生は、一ノ谷で平敦盛を討ち取った蓮生（熊谷直実）とは別人で、宇都宮歌壇の中心人物だった。鎌倉幕府の要職にもあった武士である。

源平争乱の時代に、弓矢と太刀を手に馬上の人となって、戦場を駆け回っていた武士たちが、今や武器を筆に持ち換えて、和歌の稽古を始めた。どうすれば、よいか。答えは、簡単である。名歌を模倣すればよいのだ。論より証拠。宇都宮歌壇のアンソロジーである『新和歌集』を、見てみよう。

花の色を移りにけりと見るほどに我が身盛りの過ぎにけるかな　藤原時朝
有明のつれなき月もかたぶきぬ人の心をいつと頼まむ　同
かささぎの行き会ひの橋の中空に霧立ちわたり夜ぞ更けにける　証定法師
浅茅生（あさぢふ）の小野の篠原訪ねても思ふあまりをいかで知らせむ　藤原泰綱
憂（う）しとてもまたこの頃を嘆かじよなほ永（なが）らへば偲（しの）ばれぞせむ　藤原泰朝

これらの歌の「本歌＝手本」をわざわざ挙げる必要は、あるまい。思わず吹き出しそうになるが、これが『百人一首』の力である。「たった百首さえ暗記できれば、あなたは、もう立派な歌人です」というお墨付きが、得られるのだ。

『百人一首』は、どんな人をも、たちどころに「歌人」にしてくれる。だが、近代歌人には、してくれない。現代歌人にも、してくれない。塚本邦雄は、『百人一首』ではなく、「誰もが現代歌人となる衝撃を与えてくれる古典和歌」を必要としたのだ。

どうすれば、古典和歌が現代短歌を先導できるのか。『珠玉百歌仙』にしても、『王朝百首』にしても、選ばれているのは「現代短歌」とは無縁の過去の歌人たちである。

塚本が砂漠に砂金を求め、雨夜に星を見出そうとしたのは、古典和歌の中に現代短歌の「DNA」を発見するためだった。現代の観点から、これまで評価されなかった古典和歌に、光を当てる。そのことで、光を当てた側の「現代短歌」の新しさや深さが、古典和歌の側から逆照射されて、検証されることになる。近代は、本当に新しかったのか。現代は、本当に未来を拓く活力にあふれているのか。

むしろ、古典和歌の方が、近代短歌や現代短歌より新しい場合もあろう。塚本邦雄は、そう信じた。だから、詩歌遍歴を続けた。アンソロジーには、現代の世界を変える力がある。古典和歌の「美」は、閉塞した現代文明に致命傷を与える決定打になる。そして、未来の、あるべき短歌の「種子」ともなる。世界は、和歌の力で新生し、更新される。

塚本邦雄は、手垢の付いた「文学史のレッテル」を剝がして、新しく貼り改めることにも、情熱を燃やした。『珠玉百歌仙』でも、その志が熾烈に燃えている。

たとえば、田安宗武。『歌よみに与ふる書』や『歌話』で、不思議なくらいに紀貫之と『古今和歌集』を罵倒した正岡子規が、これまた不思議なくらいに過褒の賛辞を呈したのが、源実朝と宗武である。子規は、「旧派和歌」では、西洋文学の強大さの前に、日本文学の牙城が崩壊するという危機感を抱いた。それは、究極のところ、『源氏物語』の「いづれの御時にか」という文体では、富国強兵と殖産興業が成し遂げられないという悲観論だった。だから、女性的でない、万葉調の男性的な文体へと傾斜した。

力強さと言えば、武士。武家の棟梁と言えば、鎌倉幕府三代将軍の源実朝。そして、江戸幕府八代将軍徳川吉宗の二男・田安宗武。そういう連想から、明治日本に必要な「西洋と戦う気概」を、彼らの和歌に求めたのである。子規は、近代短歌の砦を、『万葉集』と実朝・宗武・元義・曙覧の再評価によって打ち立てようとし、現に、作り上げた。塚本邦雄は、子規による「近代の創出」を評価しながら、別の再評価によって、「現代の創出」を企図した。子規と塚本は、どちらも西洋を睨みながら、日本の古典を城砦として戦おうとしている。だが、どのような砦を作り、どのような戦法で戦うかで、道が別れる。塚本と子規は、構想力を競い合った。「現実を変える夢」として、どちらがより大きな夢を見る力があるかの綱引きである。

そう言えば、後水尾院『集外三十六歌仙』には、伊達政宗・武田信玄・毛利元就などの武士が選ばれている。塚本邦雄の『珠玉百歌仙』にも、道灌・宗武が入っている。けれども、正岡子規が絶賛し、それが遠因となって『愛国百人一首』に選ばれた「もののふの兜に立つる鍬形のながめかしはは見れどあかずけり」(宗武)などの歌を、塚本は採らない。宗武からは、「見事な諧調」、「遠近法と色彩効果」を持つ和歌が選ばれている。

塚本が求める「武」は「文武両道」を兼ね備えた武である。藤原秀能と、その曾孫に当たる公順の項目でも、それが顕著である。

こう見てくると、アンソロジーの魅力は、誰のどの歌が入っているかという点だけでなく、それらがどういう「理念」で選ばれているかという基準にある。この理念は、「祈り」と言い換えてもよい。和歌を用いて、現代の日本文化をどのように舵取りしたいのか。その願いが異なれば、同じ歌人を選んでも、場合によっては同じ歌を選んでも、正反対の文学理念の「証歌」になる。それが、文学の生命力であり、詩歌の神秘である。

『珠玉百歌仙』は、昭和五十一年一月四日から、五十三年十一月十八日まで、「毎日新聞」の「俳句・短歌」欄に、「作品のこころ」というタイトルで連載された原稿を元にしている。跋文にあるように、その七十四編を推敲すると同時に、新たに書き下ろされた三十八編を加えて、昭和五十四年六月に単行本となった。私の所蔵本には、塚本の毛筆で

「麦熟るる月」と揮毫されている。六月だったからだろう。

新聞の掲載時点では「新字新仮名」であり、単行本で「正字正仮名」に改められた。そのため、単行本でも、それを収録した『塚本邦雄全集・第十五巻』（ゆまに書房）でも、仮名遣いの混乱が見られる。このたびの文庫化に当たり、「正字正仮名」の統一を図ったので、正字正仮名ならではの「塚本節」が全開となった。塚本の文体は、書き言葉でも、話し言葉でもない。だから、作者の魂の肉声が、読者の心の深奥に、ずしりと響く。

文庫化に際して、私が解説を書き始めた、まさに同時期に、サントリー美術館で、「藤田美術館の至宝」展を見る機会があった。「藤熨斗桜草文長絹（ふじのしさくらそうもんちょうけん）」という能装束の前で、思わず足が止まった。何とこれは、『珠玉百歌仙』の単行本で、装幀に用いられていた装束ではないか。信じられない出会いだった。

青い絽地に、見事な藤の花房が、縫取織で浮かび上がり、花房を大きな熨斗で束ねた意匠である。これを見ているうちに、はっきりと理解できた。これを装幀として飾った『珠玉百歌仙』は、和歌の名花の数々に、熨斗をつけて現代人に献呈された本だ、ということが。勅撰集は、天皇・上皇に献上された。塚本邦雄のアンソロジーは、私たち読者一人一人に贈られた。この詞華集という花束を受け取れば、新たな構想力という「文化の翼」が羽ばたく。詩歌の時空を自在に飛翔して初めて見えてくるであろう未来を夢見ながら、私は美術館を立ち去りかねた。

本書は、『塚本邦雄全集・第十五巻』(二〇〇一年四月　ゆまに書房刊)を底本として使用し、適宜『珠玉百花仙』(一九七九年六月　毎日新聞社刊)を参照しました。

文庫化にあたって、引用の不備をただし、ルビを必要最小限で追加し、底本に見られる誤植や、明らかに著者の錯覚によって生じたと思われる誤記を訂正するなどしましたが、原則として底本に従いました。なお、前述の訂正、表記上の変更に際しては、島内景二氏の教示を得ました。本文の表記は著者の生前の強い意向を尊重して正字正仮名遣いによる底本のままとしました。

また、底本にある表現で、今日からみれば不適切と思われる言葉がありますが、作品が書かれた時代背景と作品的価値、および著者が故人であることなどを考慮し、底本のままとしました。よろしくご理解のほどお願いいたします。

珠玉百歌仙（しゅぎょくひゃくかせん）

塚本邦雄（つかもとくにお）

二〇一五年一一月一〇日第一刷発行

発行者——鈴木　哲

発行所——株式会社　講談社

東京都文京区音羽2・12・21　〒112-8001

電話　編集（03）5395・3513

販売（03）5395・5817

業務（03）5395・3615

デザイン——菊地信義

印刷——豊国印刷株式会社

製本——株式会社国宝社

本文データ制作——講談社デジタル製作部

定価はカバーに表示してあります。

講談社文芸文庫

ISBN978-4-06-290291-5